GARE SAINT-LAZARE

DU MÊME AUTEUR :

Moi aussi un jour j'irai loin, Maurice Nadeau, 1995.
Ma vie d'Edgar, Le Serpent à plumes, 1998.
Celui qui n'est pas là, Le Serpent à plumes, 1999.
Fantômes, Le Serpent à plumes, 2001.
Mon quartier, Fayard, 2002.
Pour une femme de son âge, Fayard, 2003.
La serveuse était nouvelle, Fayard, 2005.
Le Perron, Cadex, 2006.
Les Types comme moi, Fayard, 2007.
J'attends l'extinction des feux, Fayard, 2008.
Les Prochaines Vacances, Le Chemin de fer, 2008.
Avant les monstres, Cadex, 2009.
J'aimerais revoir Callaghan, Fayard, 2010.
Il faudrait s'arracher le cœur, L'Olivier, 2012.
Des nuages et des tours, L'Olivier, 2013.
Photos volées, L'Olivier, 2014.
Je t'emmènerai danser chez Lavorel, Fayard, 2014.
La Mallette, Cénomane, 2014.
En passant (vite fait) par la montagne, Paulsen, 2015.
Les Soirées chez Mathilde, L'Olivier, 2017.
Le Grand Détour, Light Motiv, 2018.
Les Enveloppes transparentes, L'Attente, 2018.
Je veux rentrer chez moi, Stock, 2019.
Aujourd'hui, Fayard, 2021.
Une enfance, L'Attente, 2021.
Trois passagers, Les Avrils, 2022.
Crétin des Alpes !, Le Chemin de fer, 2023.

Dominique Fabre

Gare Saint-Lazare

roman

Fayard

L'auteur a bénéficié pour l'écriture de ce livre du programme de résidences d'écrivains de la Région Ile-de-France.

Couverture : Cheeri
ISBN : 978-2-213-72565-9

Ils ont fermé la pharmacie Bailly, celle qui fait l'angle en bas de la rue de Rome, près de la gare Saint-Lazare. Je me suis rapproché comme un ahuri, j'ai regardé autour de moi, elle avait disparu. Ah oui, mais non, là-bas ! En fait ils l'ont seulement changée d'endroit, ils l'ont installée de l'autre côté de la cour de Rome, sous les arcades, près du grand PMU où les tickets que j'achète ne sont jamais gagnants. Mais je l'avais vue là, en bas de la rue de Rome, toute ma vie. Le bâtiment est un immeuble haussmannien qui fait l'angle, il y a des arrêts de bus juste en dessous, c'était l'arrêt des bus pour « aller à Paris ». Bien sûr à la gare Saint-Lazare on est déjà à Paris mais pour les banlieusards, aller à Paris commençait à Saint-Lazare. Juste en haut du bâtiment de la pharmacie, il reste l'Oiseau Bleu, qui est un bar ni rutilant ni moderne, mais pour moi et sans doute pour pas mal d'autres personnes il n'y a qu'un seul Oiseau Bleu. There's a blue bird in me.... Je me demande vraiment ce qu'ils vont mettre, à la place de la pharmacie. Ils vont sans doute garder les façades, mais après ? Je suis resté là un moment : je n'aurais pas imaginé que ça me ferait un tel choc. En vrai le quartier de Saint-Lazare m'a vu grandir puis vieillir. La vie s'est déplacée ailleurs, ou bien elle bat dans d'autres cœurs et dans d'autres endroits. Ces derniers temps mes fantômes ont rajeuni, ils n'ont sans doute même pas l'âge de la pharmacie Bailly.

À l'Oiseau Bleu ils n'ont pas vraiment l'air de faire de mauvaises affaires. Pas de bonnes non plus. Ça se passe au jour le jour, de semaine en semaine, au fil du temps. Mais tout ceci reste fragile, fragile comme un cœur humain qui bat trop vite, ou pas assez, fragile comme un souffle qui disparaît en buée sur la vitre. Quand j'ai vu pour la pharmacie, j'ai traversé dans les clous en bas de la rue de Rome pour me rapprocher de l'immeuble. Je voulais vraiment savoir ce qu'il en était. En face, en attendant que le feu passe au vert pour les piétons, nos regards se sont croisés. Employés de bureau et personnes qui se pressent d'aller prendre leur train de banlieue ; j'ai laissé passer un feu. Deux feux. Plusieurs feux. Combien, je ne sais pas. Parole, je n'arrivais plus à décoller ! J'ai attendu de sentir encore une fois un éclair, une passante qui n'existait sans doute pas, mais à qui il arrivait quand même de traverser le quartier de la gare Saint-Lazare avant de prendre son train de banlieue à elle. C'était l'endroit idéal pour tomber amoureux, par là-bas… Alors il y aurait peut-être un éclair entre elle et moi… parmi d'autres éclairs entre d'autres personnes, si on était un jour d'orage à Saint-Lazare… les gens allaient et venaient.

En fait chaque groupe disparaissait pour céder sa place à un autre. Ici personne n'existait vraiment, sinon en passant. On avait du mal à fixer les visages. Tout le monde voulait rentrer dans la gare ou dans le métro cour de Rome. Au feu les gens se faufilaient entre les voitures. Ça sentait le gasoil. Les gens, parfois, ne peuvent pas s'empêcher de klaxonner. Aujourd'hui, la lueur des portables a remplacé souvent celle des cigarettes, on fait moins attention aux visages. Du coup aucun visage ne m'a dit que ; aucune personne ne m'a souri que oui ou non, oui mais non. De toute manière, je suis bien trop vieux pour cela. Je ne me suis plus enivré de la gare Saint-Lazare depuis tellement d'années ! J'ai fini par réussir à me détacher du manège. Je me suis réfugié au café du coin en bas de la rue de Rome et de la rue du Rocher. Café de l'arrivée. Café des départs. Café sans savoir dans quel sens on va. Il y a eu vraiment trop de cafés dans ma vie, si on va chercher par là.

Celui-ci était plein de gens, des couples, des tables d'employés des bureaux avoisinants, des jeunes gens en bande. On en aurait presque oublié le masque contre le Covid à porter dès qu'on entrait en gare, dorénavant. Il n'y avait plus de place libre. J'aurais bu un verre avec elle… on se serait raconté nos vies, c'était hier, c'était il y avait longtemps, c'était comme ça pouvait… On se serait parlé de choses et d'autres en se posant des questions à part soi. Parfois, près des gares, les gens s'embrassent comme si c'était la dernière fois, ou la première, ils s'embrassent comme si ça n'allait plus leur arriver si souvent, à eux deux, dans leur vie. S'embrasser comme ça. Mais il n'y avait personne avec moi.

Alors, ce soir-là, j'ai quand même eu un peu peur de devenir un fantôme moi aussi. Pas la peine de se la jouer, ça allait sûrement finir par me tomber dessus sans crier gare. Il faut que je me presse de le raconter, sans quoi… Je panique de plus en plus souvent à me dire des choses comme ça, personne autour de moi ne réalise. Mes fantômes sont déjà bel et bien endormis. Où est passée la voyageuse dont j'ai rêvé si longtemps ? Elle descendait à Saint-Lazare elle aussi. Elle se tenait très droite et portait un chapeau. Elle était tellement élégante, elle n'était pas comme tout le monde. J'avais décidé qu'elle avait eu une carrière de danseuse. Elle marchait en regardant droit devant, comme si on la dévisageait et qu'elle cherchait toujours quelqu'un d'autre, une personne qui devait surgir au loin... ses yeux très bleus et maquillés; le ruban au chapeau. Le grand sac porté à l'épaule. Les pas comptés vers le premier wagon du train. Je l'avais oubliée, mais elle est revenue me voir ce soir-là, à la gare Saint-Lazare. Je n'en aurai jamais rien fait, du souvenir de cette femme-là, voyageuse du train d'un rêve qui m'avait laissé à quai... Je n'avais rien à faire de plus, sinon rebrousser chemin. Il arrivait qu'on se donne rendez-vous dans ces cafés du bas de la rue de Rome; ils sont plus petits que ceux de la gare du Nord ou de la gare de Lyon. Au final je n'ai rien vu qui aurait pu m'indiquer ce qu'ils allaient construire à la place de la pharmacie, je n'avais rien de spécial à faire maintenant. Si je restais plus longtemps ici j'avais un peu peur de devenir fantôme moi aussi.

Mine de rien on en était déjà rendu au crépuscule du soir ! Pourquoi étais-je venu ici déjà ? Ah oui. J'étais venu dans le quartier pour m'acheter des pantalons, je mets parfois plusieurs semaines à me décider pour acheter des chaussures ou une paire de pantalons. Quoique pour les chaussures ça aille un peu mieux. Bien sûr : les trous dans les chaussures sont plus gênants que ceux dans les pantalons. Mais bon. Comme je ne trouverais rien ce soir-là, que je me sentais bien incapable d'entrer dans la moindre boutique, je suis retourné une fois de plus dans la gare Saint-Lazare, où je serai passé des milliers de fois. Je ne sais pas quelle tête j'avais, ce dont tout le monde se moque bien, à raison. Mais, sur le coup, c'était seulement qu'ils avaient fermé la grande pharmacie Bailly. Et puis non, finalement, c'était beaucoup plus que ça pour moi…

Je n'allumerai plus jamais une Chesterfield devant le monument aux morts de la gare Saint-Lazare en me disant que bon ; je n'irai jamais me faire couper les cheveux chez le coiffeur Joffo, celui du *Sac de billes*, à gauche des escalators de la cour de Rome. Enfant j'avais vraiment aimé cette histoire. Bien des années plus tard, on le croisait parfois dans les ventes de livres avec ses costumes bleu électrique, ses chemises à rayures sur sa bedaine, ses chaînes en or, sa grosse valise à coins ferrés où il continuait de transporter ses sacs de billes. Dans les salons Joffo les uniformes étaient rouges, les chemises blanches. Dans celui du hall des pas perdus, l'ensemble laissait une impression de négligé et de propreté moyenne sur les bords.

Je ne regarderai plus vers les cabines à l'autre bout en me demandant bien qui je pourrais appeler, qui serait peut-être libre pour zoner avec moi une heure ou deux, ou une journée ? J'ai oublié ces numéros, je les connaissais par cœur… En fait, je ne resterai plus au monument aux morts de la gare qu'une certaine quantité de temps. D'abord il me semble que je n'en ai plus trop à perdre et puis, de toute façon, il n'y a plus vraiment de monument aux morts à la place du monument aux morts de la gare Saint-Lazare. True, there is something rotten in the kingdom of Denmark, there is something rotten in the republic of France qui dit merde à ses morts de la gare Saint-Lazare ! Du coup, je ne fumerai jamais non plus une cigarette devant le mini-Carrefour City qu'ils ont installé en lieu et place du monument. Je trouverai sans doute de moins en moins de gens prompts à condamner ce mercantilisme sans gêne des employés de cette gare, aucune âme sœur n'acceptera de me laisser déblatérer jusqu'à plus soif à ce sujet. Pourtant… On prendrait le premier train de banlieue qui se présente.. on arrêterait de deviser seulement en traversant la Seine, surpris par une telle majesté, car elle est toujours aussi majestueuse, la Seine, même si on fait du mal à la gare Saint-Lazare. On recommencerait sur l'autre berge. Mais je n'ai personne avec qui faire ça.

Je ne fumerai plus non plus de Camel filtre ou de Gauloise blonde, ni de Lucky Strike, ni même de pétards avec du tabac blond, puisque j'ai dû tout bonnement arrêter de fumer à cause d'une tache au poumon, d'un souffle au cœur, du temps qui passe. Mais je peux rester encore à cet endroit, là où ils ont aussi enlevé les cabines téléphoniques et installé à la place une petite boutique d'où envoyer ses euros à l'étranger, là où ils ont effacé la trace des jeunes gens morts pour permettre aux banlieusards de faire leurs courses juste avant de prendre le train. Je pourrai regarder encore les passagers qui arrivent en haut des marches, hésitent entre les escaliers de marbre et les escalators, déjà assez encombrés par des files de personnes occupées tête baissée vers leur portable, à échanger des textos, à regarder la météo pour comparer avec en bas de la rue de Rome, si le ciel s'est trompé, ou la météo, ou les deux. Je verrai peu de gens qui rebrousseront chemin vers le hall des pas perdus, qui sont de moins en moins perdus pour tout le monde. Misère ! Je n'embrasserai sans doute plus personne en y mettant la langue à cet endroit ! Je ne laisserai pas exprès une pièce dans une cabine de téléphone pour que le vaurien en imper qui passe son temps à fouiller en quête de menue monnaie ne se retrouve pas bredouille. Je ne serrerai plus de mains. Je n'achèterai pas le journal dans le Relay H à gauche du hall des départs, du côté des voies pour Marne-la-Coquette et Versailles-Rive-Droite. J'achète de moins en moins souvent le journal et je ne crois pas que les étoiles vont encore s'aligner entre l'envie d'acheter un journal et le moment de prendre un train à la gare Saint-Lazare.

J'ai pris tellement de trains là-bas ! Je prendrai beaucoup moins de trains à Saint-Lazare que je n'en ai déjà pris. J'ai moins de directions à prendre, si on veut le dire comme ça. En fait, aujourd'hui, je ne sais plus trop où aller. En vrai je retournerai encore quelques fois (de nombreuses autres fois ?) perdre mes pas perdus dans la zone dorénavant réservée aux gens ayant un ticket dans le périmètre de la gare pour aller à Asnières ou Bécon, à Asnières où je fus un enfant. Là-bas je m'arrêterai volontiers devant le beau cerisier du Japon du quai B, en direction de l'avenue de la Marne. J'y aurais bien pris racine moi aussi. Bien sûr la Marne fait penser aux taxis, je n'ai jamais pris beaucoup de taxis, mais je pense que j'en prendrai encore quelques-uns. Je reviendrai encore sur mes pas. Je ferai du surplace. Il est impossible de ne pas revenir sur ses pas de temps en temps, qu'on en ait envie ou pas. À la gare Saint-Lazare je me dirai plusieurs fois que la vie est un songe, et que la mer va bien finir par arriver, s'engouffrer par les couloirs de la ligne 7, de la 8, de la 9 et de la 14, submerger en douceur les bus 24, 65, 78, et par nous engloutir gare Saint-Lazare. Parole, je ne suis pas venu là pour nous plomber le moral. Mais alors, pourquoi je me retrouve ici encore une fois ?

Je ne verrai plus jamais l'enfant qui s'est pris une grande baffe de sa mère près du Photomaton du hall des arrivées. On était à la fin de l'après-midi, il y avait de nombreux voyageurs dans le hall des départs, ce soir-là. Ce soir-là il faisait un temps de Paris, du vent et des bourrasques, rien d'inhabituel pour la saison. Je ne sais plus exactement, on devait être entre l'automne et l'hiver. Le gosse portait une chemisette à carreaux rouges, bleus et blancs, boutonnée jusqu'en haut. Il devait à peine dépasser les genoux de la plupart des voyageurs. Mais guère plus. Il n'avait rien de spécial à part ça. Son anorak bleu nuit. Sa petite veste noire. Peut-être revenait-il d'une grosse fête familiale, d'un baptême, d'un concert aux églises ? Oui, au milieu du hall des départs, l'enfant mesurait environ la moitié de la taille d'un voyageur adulte, or il y en avait des milliers. Je n'ai pas souvent l'occasion de répéter ce qu'on entend dire de cette gare, qu'elle est la plus fréquentée du monde, la plus passagère à certaines heures du matin ou du soir. Elle l'est plus que la gare de Tokyo, de Pékin, de New Delhi, tellement plus aussi que la gare centrale à New York. La gare du Nord semble encore plus encombrée. Le petit gosse suivait sa mère entre les jambes des banlieusards ; à un moment j'ai regardé vers eux parce qu'en somme c'était assez amusant d'être un petit bonhomme de 5 ou 6 ans avec une jolie chemise boutonnée de bas en haut et des chaussures brillantes, peut-être pas les chaussures les plus solides, mais propres. Et ce n'était sans doute pas évident de devoir guider ce petit bonhomme dans la gare.

D'une main sa mère portait un gros sac Tati et de l'autre un même genre de sac mais jaune, il ressemblait aux sacs du Tang Frères d'aujourd'hui. En fait, on voit des gens porter ce genre de sac dans le monde entier. Elle a dû s'arrêter un moment, mais il avait poursuivi son chemin entre les jambes des voyageurs. Il ne pouvait pas s'arrêter. Il progressait parmi les géants à l'arrêt pour regarder le panneau des départs, les géants qui changeaient de direction, les géants qui couraient rejoindre le bon quai presque au moment de la sonnerie du train. Il ne se passe que des choses comme ça gare Saint-Lazare, la plupart du temps. C'est assez exaltant pour un petit enfant, et ça fait peur en même temps. Tout ça ne dure qu'un instant. Elle a ramassé ses sacs, elle a repris sa route, a continué d'avancer en regardant vers le panneau des affichages. Je me souviens qu'elle portait une jupe rouge à motifs, des batiks, rouge et vert comme les oiseaux de paradis (la race d'oiseaux de paradis rouge et vert, comme les habits de cette femme). Moi j'ai perdu depuis longtemps la moindre illusion à propos du paradis. Je devais encore retourner à Asnières, ce jour-là.

Son cri a déchiré le bourdonnement des banlieusards dans le hall des départs. Elle était affolée, elle avait perdu son enfant. Juste deux secondes d'inattention. Une paire de jambes en trop. Une image en moins. Une vague. Un regard suspendu. Oui, l'enfant s'était vraiment volatilisé entre les jambes des voyageurs, dans sa petite chemise boutonnée, sur ses chaussures brillantes et dans son anorak bleu nuit. La femme a crié son prénom plus fort que le brouhaha des départs et celui des arrivées. Des dizaines de personnes ont regardé autour d'elles. Tout à coup, dans cette zone de la gare, rien n'était plus important.

Des centaines de voyageurs. Plusieurs centaines. L'un d'entre eux. Parmi nous il y avait ce type avec des yeux très bleus, en blouson noir, il portait une sacoche en bandoulière. Il avait les cheveux coupés court et bien gris, bien raides, exactement comme ce professeur de philosophie que j'ai eu et qui mangeait des cachous, fumait du tabac blond roulé, possédait une vieille moto BMW, les meilleures du monde à son avis. Selon lui, la philosophie n'était accessible qu'aux gens lisant l'allemand et le grec ancien, alors bon, circulez ! Il se fâchait rouge vif parfois.

– Il y en a certains parmi vous dont je me demande bien ce qu'ils font ici.

– Euh... Msieur, vous voulez un cachou ? Un cachou Lajaunie ?

Ça le calmait passagèrement.

Le type semblait vouloir prendre les choses en main. Il faut faire de la place, silence ! Où est le jeune enfant ? À cet instant le gosse avait fini par s'arrêter d'avancer, il devait chercher sa mère lui aussi de son côté. Elle avait posé ses deux sacs pour mieux hurler. Elle arrivait de loin avec lui si ça se trouve. Elle partait loin aussi. Son fils avait paniqué un instant, et puis il s'était installé un peu à l'abri du passage sur un tabouret de Photomaton, qui monte et qui descend pour se faire tirer le portrait. À partir du type ressemblant à mon prof, des banlieusards ont vite fait enfler la rumeur du petit bonhomme perdu, un petit enfant noir. Quand il est ressorti du Photomaton, ça avait dû l'amuser de deviner son reflet, il a mis un peu de temps pour réaliser. Puis, quand il s'est rendu compte, il était bel et bien perdu, jusqu'au cri de sa mère dans le hall des départs. Il a eu les larmes aux yeux en regardant autour de lui, parmi les jambes des banlieusards. La maman du garçon a levé les yeux vers le type. Elle n'avait pas besoin de mots. Le type a dit à sa mère de se tenir tranquille, arrêtez de paniquer, il l'avait repéré.

– Tiens, là-bas, avec la chemise à carreaux et les chaussures brillantes. Regardez, c'est pas lui là-bas ?

Elle a regardé dans cette direction sans avoir l'air de l'entendre. Quand elle s'est rendu compte, elle a crié un cri que lui seul aura compris, un prénom disparu dans le hall des départs. Elle a crié tellement fort… Je me trouvais juste à côté d'elle à ce moment-là. Elle a couru, elle s'est baissée vers l'enfant et l'a serré contre elle. Mais, quand elle s'est redressée, elle lui a collé une grande baffe. L'enfant se tenait la joue, il n'y comprenait plus rien ! Il s'est mis à pleurer sans bruit. Les banlieusards ont repris leur chemin en haussant les épaules. Certains ont hésité à lui faire la morale. D'autres lui ont souri. Quelques parents songeaient probablement qu'ils n'avaient jamais osé semer leur gosse à Saint-Lazare. Les arrivées et les départs. Les horaires sur les panneaux. Les retardataires, les gens, une immensité de gens. Après, elle voulait juste reprendre ses sacs. Elle voulait juste reprendre le cours normal du voyage de sa vie en passant par la gare Saint-Lazare, mais le type qui avait retrouvé le gosse et ressemblait vraiment à mon professeur de philosophie était d'humeur chagrine, il n'en avait pas perdu une seule miette. Il l'attendait près des sacs.

– Il faut pas le taper, madame, il lui a dit ; il ne faut jamais taper sur les enfants !

Il se tenait devant elle, impossible de passer. Bien sûr c'était seulement qu'elle avait eu tellement peur ; elle avait eu une des peurs de sa vie. D'accord, on n'a jamais la peur de sa vie, la seule. On a toujours une peur supplémentaire à venir, c'est comme pour le sommeil, on ne passe jamais la meilleure nuit de sa vie, ou la pire (je m'entends). Elle tenait l'enfant très serré maintenant, il avait fini de pleurer, il regardait vers les trains au départ. Elle serrait son poignet. Elle regardait le type, c'était comme s'il lui parlait dans une langue tout à fait étrangère.

Il était bouleversé maintenant. Tout avait déjà été oublié dans le hall des arrivées, mais à ce moment-là le type qui ressemblait à mon professeur de philosophie avait aussi l'air d'un ancien voyou d'Asnières-Gennevilliers. Je dis Asnières sans limiter, seulement parce que j'y ai mes références. Il ressemblait encore à un de ces prêtres-ouvriers qui portent souvent une veste en cuir. Elle le regardait sans comprendre, elle essayait très fort pourtant. Lui voulait faire quelque chose pour l'enfant. En fait, cette gifle, c'était comme si l'enfant qu'il avait été l'avait reçue ce jour-là, dans un recoin du hall des départs de la gare Saint-Lazare.

– J'ai eu peur ! elle lui a dit. Mon fils ! Je le voyais plus !

– Je sais bien, madame. Mais faut pas taper les enfants, madame, ça sert à rien ! Faut pas ! Jamais !

Il voulait vraiment la convaincre. Il lui a répété ça plusieurs fois, je me trouvais à côté, elle avait de la peur dans les yeux. Au début elle ne le comprenait pas. Ensuite elle avait peur de cet homme, après avoir eu peur de perdre son enfant. La peur, en fait, on la met où on peut. On la met dans des mains tremblantes. J'en connais qui puent des pieds, claquent des dents, suent aux tempes et se ramollissent du genou, d'autres en chevrotent à la hâte. Certains aussi ne bégaient pas, mais ont besoin de faire pipi dans la minute, pour supporter. Le type était vraiment au bord des larmes. L'enfant regardait les panneaux cliqueter à chaque départ de train, comme s'il avait déjà tout oublié. Alors elle a hoché la tête, elle a voulu lui sourire. Elle avait compris qu'il était un enfant lui aussi, il venait de se prendre une gifle à cinquante ans passés, par sa mère peut-être déjà morte.

– D'accord. Je le referai pas, elle lui a dit. J'ai eu peur.

Il a hoché la tête. Il a essayé de lui sourire en retour et il a sorti son mouchoir. Il a touché la joue du gosse. Il avait vraiment une tête du vieux fan de Martin Heidegger qui roule en grosse bécane de BMW. Il les a regardés sans plus rien trouver à dire. Il avait les yeux qui brillaient. Elle s'est baissée pour descendre l'enfant de ses bras. Bien sûr, de chaque côté, elle avait encore ces gros sacs à porter, le Tati et le jaune qui ressemble à ceux de chez Tang Frères. Le petit gosse en avait marre de tout ça maintenant. Il avait cessé de pleurer, le train était à quai, quand est-ce qu'on part ?

Bien sûr j'étais ému, moins pour l'enfant perdu, je crois, que pour le grand chagrin du type en veste de cuir qui l'avait vu en premier et ressemblait à mon ancien professeur de philosophie et un peu à un voyou de la place Voltaire, ou des Agnettes à Gennevilliers. Ils sont partis chacun de son côté. Le monde gare Saint-Lazare déjà s'était remis en marche, à vrai dire, il n'avait jamais arrêté. Je ne verrais plus l'enfant noir d'il y a une éternité, mais, mine de rien, je verrais d'autres enfants perdus, des fugueurs mal préparés, des jeunes gens qui font du surplace. Si on reste trop longtemps, on finit par perdre son ombre. Je ne verrai sans doute plus rien de tel dans la gare, ou bien c'est moi qui me serai perdu, et je ne me souviendrai de rien ? Punaise, faut pas exagérer…

Le square en face du Cercle de la Marine à côté de Saint-Lazare attend ses mômes… Ici ce n'est pas un quartier à mômes. Bien sûr il doit y avoir des écoles primaires, mais elles sont de petite taille, peu de familles résident là. Ce sont des immeubles de bureaux ou des grands appartements de personnes riches, qui font emmener leurs enfants à l'école Montessori, à l'américaine, à l'alsacienne ou à la Légion d'honneur, ou je ne sais où. Du coup, je passe souvent par ce square le plus proche de la gare, en face du Cercle de la Marine, avec un petit parking Veolia en dessous qui semble toujours à moitié vide, où pourtant il y a un gardien en uniforme, qui dans sa petite guitoune continue de ne servir à rien, ça fait des années qu'il est là. À vrai dire ça fait tellement d'années qu'il s'agit peut-être d'un nouveau gardien. Oui, ils se seront refilé le mot dans la communauté des gardiens de square de la Ville de Paris.

Parfois, des personnes viennent des grands appartements désolés de l'autre bout du boulevard Malesherbes avec cet air de campagne à Paris qu'elles ont toujours, elles lisent un livre dont on a parlé à la télé jeudi soir. J'avais un bon copain là-bas. Je n'irai plus jamais chez lui, dans le très grand appartement de la petite rue derrière le boulevard Malesherbes. Avec ses frères ils se laissaient aller, ils écrasaient les mégots sur le rebord de la fenêtre, faisaient des trous dans la moquette… No future, c'était le sens de nos vies. Ils vivaient seuls, les parents s'étaient retirés à Bordeaux. Et puis de toute façon, leur mère voulait faire changer la moquette. Passons. Donc dans ce petit square il y a peu d'enfants, mais il y en a quelques-uns, et des femmes et des hommes de noble extraction et excellent pedigree traversent le boulevard Malesherbes, poussent parfois jusqu'à la gare Saint-Lazare qui est à deux pas d'ici pour rejoindre la Normandie. C'est que le square, finalement, est divisé, en parts à peu près égales, sous l'œil absent du successeur de l'ancien dernier gardien du square en question, entre le brouhaha des alentours de la gare, le bas de la rue de Rome et de la rue du Rocher, et le bâtiment de la marine nationale où tout est uniformisé, je suppose, avec des bateaux en 3D qui font la guerre aux navires russes ou aux chinois entre les bonnes et les mômes des quartiers riches pas loin de Saint-Augustin et puis, les échoués de la gare Saint-Lazare, sans oublier les vieux.

Les vieux sont un peu devenus la variable d'ajustement, je ne sais plus où j'ai entendu dire ça une fois, et sur le coup ça m'a fait rire, mais rire ! Et puis après, ça m'a vraiment fait du mal. Avec le temps on se couvre de plaies, de bosses, de vieux chagrins et de disparus. Alors bref, le square fourmille des deux côtés. Du côté des acacias il y aura toujours des petits vieux tremblotants et des lectrices des beaux quartiers, des bonnes philippines ou africaines avec des petits mômes, et de l'autre côté, celui de la gare Saint-Lazare, beaucoup de miséreux et de soulographes. Dans le sens de la longueur, donc en face du mur du Cercle de la Marine où les fenêtres du bel immeuble s'illuminent du soleil couchant, il n'y a pas grand-chose, sinon cette entrée du petit parking souterrain Veolia pour les habitués, les résidents ou les stratèges du ministère, ou peut-être pour les personnes de ce grand bel immeuble, qui ne prennent jamais leur voiture. Plusieurs fois, je me suis arrêté là, parfois en espérant qu'il se passe quelque chose, mais il ne m'est jamais rien arrivé depuis quarante ans que j'y vais. J'ai beau me creuser la cervelle, je ne trouve à rapporter qu'un braquage au couteau et les propositions salaces d'un vieil homosexuel qui me disait avoir ses entrées dans la presse, à quoi je n'ai pas donné suite (tandis que j'avais laissé mon argent au détenteur du couteau), mais c'était bien de se retrouver là, toutes ces années. En général dans ce square les voyageurs restent tranquilles, peut-être impressionnés par la manière dont les gens de Malesherbes les regardent, avec un sourire comme s'ils ne se rendaient compte de rien. Ou par le gardien de l'endroit et ses activités assez mystérieuses.

Je ne traverserai plus jamais ce square pour aller voir ma mère rue de Lisbonne, à son bureau. C'est un quartier où à chaque fois on se demande qui peut bien vivre, dans ces immeubles qui ne peuvent quand même pas n'abriter que des bureaux ? Moi je ne connaissais que celui où on écrasait les mégots sur la moquette. Ma mère, je croyais qu'elle aimait bien que je vienne la voir. En tout cas moi j'aimais. Elle pouvait me montrer ce qu'elle avait, dorénavant, une belle place derrière un grand bureau. En fait elle avait plus d'intimité dans ces bureaux du quartier de l'Europe, rue de Madrid puis de Lisbonne, que dans son propre appartement, à cause de nous, ma sœur et moi. Je n'irai plus jamais là-bas puisque je n'aurai rien à y faire et personne à y voir. Mais je pourrais peut-être retourner au square et lire un livre, me faire croire que je viens du côté de Malesherbes auquel elle aurait sans doute tellement voulu appartenir, alors que moi, malgré tous les efforts que j'ai pu faire, ceux à quoi je me suis soustrait, quand bien même, oui mais non, je suis seulement un type de la gare Saint-Lazare et d'Asnières-Gennevilliers. Mais je retourne exprès au square pour lui rendre visite quand elle veut bien, vers le soir, de bon matin parfois, quand personne n'est encore là, ni les enfants et les bonniches ni les Africains avec leur portable à l'oreille et les yeux perdus, ni les soiffards, ni les sans-abri isolés, montés à Paris pour terminer d'y perdre leurs moyens de subsistance avant de plonger tout à fait, ni le gardien, ni la femme dont le regard me transperce si fort aujourd'hui, ma mère, comme s'il lui restait des choses à me dire, comme si j'avais encore des choses à espérer.

Le repris de justice marchait les yeux droit devant, à la sortie du train entre deux gendarmes, un après-midi gare Saint-Lazare. C'était bien la première fois que je voyais un type baladé par deux gendarmes dans les transports en commun. Bien sûr j'en avais déjà aperçu dans des breaks ou dans des paniers à salade, mais dans le train, jamais ! Je ne savais pas qu'ils pouvaient faire ça ? Je ne suis pas sûr qu'il nous regardait, mais en tout cas, moi si, je le regardais. La plupart des passants dans le hall ne se sont pas rendu compte qu'il portait des menottes. Les deux gendarmes en uniforme marchaient d'un pas posé, comme pour les inaugurations, les commémorations et la surveillance des fontaines dans les squares, ils n'avaient pas l'air si à l'aise de devoir accompagner ce prisonnier. À cette époque j'étais toujours du côté des prisonniers. Maintenant non, je ne crois pas. Il portait un imper un peu usé. Il avait encore cette dégaine des malfaiteurs des années 80, ceux qui ont loupé leur entrée au guichet de la Société générale, ont foiré lamentablement leur braquage au Crédit lyonnais, n'ont jamais pu ouvrir un coffre à temps, avant l'arrivée de la police, parce que l'alarme s'est déclenchée, qu'ils se sont trompés de code ou ont été repérés depuis longtemps. Ils étaient trois en fait pour l'escorter, un autre policier fermait la marche, qui portait une mallette. Autour d'eux les voyageurs allaient où ils devaient. Une voiture banalisée les attendait juste en bas des marches, cour de Rome. Le type avançait plus vite qu'eux, on aurait dit qu'il était pressé d'en finir. Je ne sais pas si c'est vrai.

Je n'irai plus jamais dans le commissariat de la gare, là où on finissait par se retrouver à peu près deux fois l'an parce qu'on n'avait jamais de billet. C'est un commissariat avec des petits délinquants, des touristes dévalisés et des jeunes gens désargentés. Je militais pour les transports gratuits à la SNCF et la RATP. Surtout, personne ne croisera plus jamais les anciens prisonniers à la mode révolue des impers à épaulettes, à trois boutons. J'ai connu peu de prisonniers. J'en ai vaguement rencontré un dans ma petite enfance, un comptable rescapé des gangsters de Grenoble, Roanne et Saint-Étienne. Il venait embrasser son fils avec l'imper passé sur les menottes, les deux mains jointes, dans le petit couloir de mon école dans les Alpes. On devait être en CM1. Lui, il n'avait que deux gendarmes pour l'accompagner. C'était le papa de Nanard. On était tristes pour Nanard. Son père portait aussi des lunettes teintées jaunes en goutte d'eau qui sont vraiment un accessoire des gangsters de Paris de cette époque. Ils n'ont pas survécu longtemps, ces gangsters-là. Leur popularité n'a pas duré plus longtemps que celle de leurs voitures préférées, les Alpine Renault (je ne vérifierai plus jamais à quoi ressemble une Alpine Renault, ou toute autre voiture qu'il me plaît de faire rouler dans un livre). Je n'ai pas osé regarder notre copain d'école pleurer à chaudes larmes dans la cour de l'école, une fois son paternel parti en maison d'arrêt. Et puis on a changé d'avis. Il ne fallait pas faire semblant de l'ignorer, plutôt lui passer le bras sur l'épaule et l'entraîner nous raconter sous le marronnier, là où on n'avait pas le droit d'aller à l'automne, à cause des bogues piquantes qui chutent. Le père de Nanard partait en prison pour cinq ans. Je ne sais pas comment ça nous est venu de lui dire : pleure pas, punaise, cinq piges, Nanard, c'est pas long ! (On devait en avoir 10 ou 11.)

– Ben oui, Nanard, cinq piges, c'est rien !

Ça a eu l'air de lui faire changer son idée. Il a relevé la tête, il a arrêté tout de suite de pleurer et s'est mis en rage à nous dégommer avec les marrons tombés de l'arbre. La maîtresse ne l'a pas puni parce qu'il y avait déjà un prisonnier dans la famille.

Le prisonnier avait l'air de connaître le hall des départs et celui des pas perdus, qui n'étaient pas encore séparés par des portiques et des automates à contrôler les billets. Il prenait sans doute les trains de banlieue. Parole, il y a des flics partout aujourd'hui à la gare Saint-Lazare, en plus des machines à contrôler les tickets… Ils ne se sont pas noyés dans la foule parce que le pas des gendarmes était réglé comme pour un défilé du 14 Juillet de mes couilles ou une ronde près d'un ministère. Sur le coup, je me souviens que, comme Nanard sans doute, rien ne m'aurait fait plus plaisir que de voir des gangsters arriver, tirer sur les gendarmes (des blessures pas graves (dans le gras de la fesse par exemple)), puis s'enfuir avec le prisonnier par la rue de Rome ou en sens contraire, vers la rue Pasquier, ou du côté des bars de la rue d'Amsterdam. Là ils seraient entrés dans un des établissements les plus louches et ressortis par la porte dérobée qui ouvre sur la rue de Budapest, où les prostituées au grand cœur et les filles de la rue ne lâcheraient jamais un nom aux enquêteurs, parce que c'est leur vocation, entre autres, de ne pas parler, de savoir garder les secrets. Une voiture banalisée (grise, moche, break, diesel et garée sur les clous) les attendrait pour continuer leur fuite.

Aujourd'hui les condamnés ne verront plus jamais une dernière fois les belles rues de Paris toutes sirènes hurlantes puisqu'ils ont déménagé les tribunaux de l'île de la Cité. Oui, ça doit leur faire bizarre maintenant de se prendre deux, cinq, sept ou vingt ans dans une salle de cette sorte de gratte-ciel près du boulevard périphérique où on pourrait aussi bien négocier le prix du pétrole, le tarif des complémentaires santé ou des affaires encore plus embrouillées de crédit-bail ou autres, j'arrête ma liste ou je prends des Aspro. L'autre prisonnier, le second, celui que je connaissais mieux, c'était mon père, lui avait pris trois ans ferme, trois ans seulement, mais vraiment ferme. Je n'ai jamais aimé jouer aux gendarmes et aux voleurs. Je ne reverrai plus ces deux voleurs, celui que j'ai à peine croisé gare Saint-Lazare et le mien, celui que j'ai longtemps attendu, et qui n'est jamais revenu pour me voir, même quand il aurait pu.

Souvent, on se donnait rendez-vous au monument aux morts. Elle venait de derrière la porte d'Orléans. Elle était bien occupée. On ne se voyait pas souvent. Qu'est-ce que j'étais heureux quand je l'attendais ! On ne se voyait jamais très longtemps. Parfois, j'avais le temps de faire des allers-retours jusqu'à l'autre bout, du côté de la rue d'Amsterdam, car je devinais bien qu'elle ne serait ni dans ce métro, ni dans celui d'après, ni dans le suivant. Elle venait de loin. Elle était de la proche banlieue sud et moi ouest. Elle était souvent en retard. Elle venait de trop loin (je venais de trop loin), l'amour a ses géographies et ses frontières. Une fois ou deux, comme elle n'arrivait pas, j'ai dû même essayer de prendre une bonne résolution en l'attendant... Je partirais si elle n'arrivait pas dans les cinq minutes, dans les quinze minutes, dans la demi-heure... Son retard à nos rendez-vous voulait sûrement dire quelque chose, il fallait lire les signes sans « se voiler la face ». L'expression

« se voiler la face » vient de ma mère. Je n'ai jamais pris pour de bon cette résolution, même si, en vrai, j'en avais souvent marre de l'attendre.

Une fois, évidemment, elle n'est vraiment plus venue. C'était couru. Pourtant je ne m'y attendais pas. J'ai senti ce grand vide en moi. Elle ne viendrait plus jamais, mais les gens continuaient à aller et venir, regardaient la grande horloge dans le hall des arrivées avant d'acheter leur ticket, ou pas. Ils ne sont pas possibles, les gens, dans ces moments-là. Il y avait comme un grondement en sourdine, je me souviens, quelque chose dans ma tête ne voulait pas s'en aller. Ça a duré quelques semaines. Je suis allé l'appeler des cabines, on n'avait plus besoin de pièces, ils nous vendaient des cartes maintenant. (Pourtant, rien ne vaut les cabines à pièces, pour la même raison qui me fait encore préférer les Samsung à clapet aux portables qu'on achète aujourd'hui.) De toute façon elle ne m'avait pas répondu.

Plus rien derrière les sonneries. Plus personne derrière la porte d'Orléans. Juste ce grand vide, juste ce bruit particulier. En fermant les yeux, je ne voyais pas sa fenêtre, son jardin en contrebas de l'immeuble. Les tasses vides sur la table en bois avec un endroit brûlé... Je n'entendrais plus jamais ce téléphone sonner, il résonnait peut-être dans tout

Montrouge. Soit dit en passant, Montrouge ne s'est pas du tout remis de ces trente dernières années. Montrouge n'a plus rien de rouge du tout, en fait Montrouge s'est fait défigurer petit-bourgeois comme Charenton, Cachan, Les Lilas, L'Haÿ-les-Roses, Bois-Colombes et Puteaux, pour ce que j'en sais. D'où j'étais à Saint-Lazare, il me semblait entendre le vide chez elle, il me semblait deviner la porte claquée, elle avait dû partir à la six-quatre-deux... Aujourd'hui je pourrais ajouter le gros réveil qui indique l'heure pour personne sur le guéridon dans l'entrée, les tableaux qui s'animent quand tout le monde est parti au travail.

Les jours d'après, il me semblait entendre un robinet qui goutte continûment, un jour d'été. Dans mon délire je l'imaginais regarder vers en bas, du côté du saule ou du local à vélos à côté des poubelles. Peut-être ai-je imaginé ses pas pressés sur l'asphalte du chemin à la sortie de chez elle, la manière qu'elle avait de marcher. J'avais du mal à me remettre moi-même en marche. Quelque chose s'était cassé, sans bruit. Oui. Au bout d'une autre demi-heure quelque chose s'est passé dans la gare, parmi les gens qui arrivaient et qui partaient, prenaient racine un peu de temps en attendant leur propre rendez-vous. Je ne pouvais pas détacher mon regard de la grande horloge juste au milieu du hall des pas perdus. Parfois, ce hall des pas perdus, je l'ai vraiment détesté. J'aurais pu résumer toute ma vie là-dedans. Si j'avais eu ce talent, j'aurais fait une pièce en trois actes, ici pour l'acte I, notre premier rendez-vous, sur un quai le II, quand on se séparait, et le troisième acte, en fait, on en était au troisième acte, et même si je m'y attendais depuis longtemps, quelque part, c'était un peu précipité. C'était toujours trop tôt ou trop tard, ou je ne sais pas. Je ne sais pas comment mieux dire, dans le hall des pas perdus. Je savais qu'elle ne viendrait plus.

Un employé chétif du salon de coiffure sortait souvent sur son pas de porte, tout près du vendeur de tickets de loterie. Il allumait une cigarette, regardait vers le bout du hall. Il était maigre et fatigué. Il avait toujours été là. Il ressemblait à un vieil Omar Sharif déguenillé qui aurait tout raté à Hollywood et à Broadway. Idem à Nice et à Monaco. Sur la Côte d'Azur et la Brava. Depuis, il faisait éternel figurant à la gare Saint-Lazare. Il tenait son mégot à deux doigts, vers le bas. Il avait toujours l'air de chercher le cendrier ou de fumer une dernière cigarette avant de disparaître à jamais. Cette fois on s'est retrouvés là, lui et moi, le temps pour lui d'en griller encore une et, pour moi, de me donner encore cinq minutes à l'attendre.

– T'as l'air un peu chagrin, le type m'a dit.

– Bah non c'est rien, ça va passer.

– Mouais. Tu crois ?

Il a fait la question et la réponse. Un autre quart d'heure à se voiler la face.

– Bon, merci, hein, j'ai dû lui répondre un truc comme ça.

Je ne l'attendrai plus jamais au monument aux morts de la gare. Je ne prendrai plus le train pour aller à sa rencontre. Ne pas prendre le train avec elle, ne pas le louper avec elle. Oui, c'était bel et bien terminé maintenant.

– Tu n'aurais pas besoin d'une petite coupe ? Histoire de repartir du bon pied ?

Le type était déjà ressorti pour fumer. Combien de temps avais-je pu passer là, sans bouger ? Sa chemise blanche avait un peu grisaillé entre-temps. Elle était quand même moins grise que lui. Les clopes il allait sans doute en crever, je me suis dit. La gare Saint-Lazare ne me semblait pas du tout accueillante. Les gens avaient l'air d'avoir froid comme dans les trains de banlieue, où seuls certains sièges sont surchauffés ; sur tous les autres on caille. Il insistait, ça me ferait du bien de voir la vie avec une nouvelle coupe, de redémarrer du bon pied. Parfois, la vie entière vous fait l'effet d'une mauvaise gueule de bois, on a l'impression de lire un roman bâclé, et déjà c'est fini ! on voudrait pouvoir s'endormir pour six mois, pour un an, mais quand on se réveillera les gens vous auront réservé une liste de choses à faire, de boulots à chercher, de gens à voir, de factures… je fais partie des types pour qui il était bien caché, le travail salarié. Parfois, dans cette liste de choses à faire, la seule chose qu'on reconnaît sans aucun doute, c'est la direction de la gare et les horaires des trains.

Du côté des cabines téléphoniques le type qui récupérait les pièces était là, à attendre. En bas des marches, le vendeur aveugle de billets de loterie, avec son chapeau mou et un manteau gris, nous surveillait par-derrière ses verres teintés. Je ne pouvais pas prendre le train tout de suite pour retourner sur mes pas. « Retourner sur ses pas. » Parfois, on comprend pour de vrai le sens de ces drôles d'expressions. Ça fait plaisir de les utiliser tout le temps qu'elles ne veulent rien dire, mais après… Il y a eu bientôt plus de gens dans la gare qui rentraient chez eux après les bureaux, et puis moins, de moins en moins. Ce grand vide en moi. Et puis ce bruit. Les gens. Alors je suis parti moi aussi. Pendant longtemps, j'ai dû faire le grand tour à la gare Saint-Lazare parce que, si je passais devant le monument, je me remettais à l'attendre, sans le vouloir ; je l'ai attendue longtemps. J'ai souvent attendu des gens trop longtemps. Si c'était à refaire… Si c'était à refaire, cette expression non plus je ne l'aime pas.

Avant de reprendre le train, je suis allé au square, et après, cour de Rome, je me suis assis sur les marches. Ils nous ont mis des sièges aujourd'hui, soudés à l'asphalte, on ne peut pas les déplacer. Du coup ce ne sont pas de vrais sièges à mon avis, des sièges à rapprocher pour parler avec qui on veut comme on veut, ou bien pour parler ensemble. Ensemble ? Il faudrait déjà trouver la bonne position. Il faut souvent changer de place et trouver la bonne oreille, celle pour aller droit vers le cœur ; mais ce n'est plus possible aujourd'hui. Alors ici, cour de Rome, on peut s'asseoir pour donner un coup de fil, manger un sandwich, mater les gens derrière ses lunettes de soleil. Mais on ne peut plus avoir un grand chagrin ou une vraie conversation sur un de ces sièges de la cour de Rome. Le monde, ici, n'a plus besoin d'être refait ; tout est bien organisé, mine de rien. Quand ça s'est amélioré, j'ai redonné des rendez-vous devant le monument aux morts. Attendre peut être une expérience très douloureuse, très amoureuse, très ennuyeuse aussi, devant le monument. Parfois, le monument aux morts avait l'air assez guilleret et d'autres fois pas du tout. Après toutes ces années, je ne l'attendrai plus jamais, elle ; et je pense que si elle est repassée par là, elle a dû vite faire demi-tour, car ce monde a disparu, ce n'était déjà plus la bonne heure, nous nous y serions égarés.

J'y ai usé beaucoup d'années à ne rien faire, ou presque rien. Je restais dans la gare si je ne savais pas où aller. J'allais fouiller dans les vinyles au Discobole au rez-de-chaussée de la gare. Je traînais la savate. J'allais voir un film au Pasquier si j'avais assez d'argent. J'allais feuilleter les livres à la librairie Weil du passage Caumartin. Les jours fastes j'allais boire un demi au grand café de Trinité, à l'Oiseau Bleu rue de Rome, au Départ du bas de la rue du Rocher. Je traversais la rue Saint-Lazare, remontais le passage du Havre. Je me suis souvent retrouvé sur le trottoir, près du passage du Havre, parmi les vendeurs de roses. Il y a toujours eu des fleurs à la gare Saint-Lazare. Oui, aujourd'hui, la seule mémoire plus lente et ancienne que la mienne, si ça se trouve, ce doit être celle des vendeurs de roses à la sauvette du bas de la rue d'Amsterdam. Parole, il n'y en a jamais eu autant dans aucune autre gare… Les vendeurs, on les aperçoit chaque jour, mais on ne sait presque rien d'eux. On s'en fout d'eux, en vrai. Ils viennent de Tunisie, du Maroc, de Syrie et d'Égypte, ils restent ici le temps qu'ils peuvent. On ne sait pas vraiment ce qui leur passe par la tête. Parfois, ils se volatilisent quand les flics débarquent. Et puis, ils recommencent. Opération roses rouges ou blanches, quand on va rendre visite à des gens, ou quand on part en Normandie dans la famille, par un train du côté de la cour du Havre, on les aura achetées au dernier moment. Par chance, le boûquet n'est pas vraiment fané au bout du voyage… Aujourd'hui, d'autres types qui leur ressemblent vendent aussi des cigarettes de contrebande, pas très loin. Marlboro ! Marlboro ! Je ne marcherai plus jamais dans la rue de Budapest, où les prostituées voient la misère au coin des rues, ni sur la petite place au sommet.

La cour intérieure de la gare Saint-Lazare, où arrivaient aussi les camions de livraison de la Sernam, a été remplacée par un nouveau bâtiment. Du coup, plus aucun gosse interne de 11-12 ans ne prend ici le car scolaire qui l'emmène à l'internat et le ramène samedi midi. Quand j'y repense, de ces années le petit gosse a gardé trop souvent l'impression de passer sa vie en route, il croit être seul dans la vie, sans jamais savoir trop où il va… Un jour il se retrouve dans un autre autocar pour raccourcir sa semaine, ou faire une fugue, il n'est pas le premier à avoir essayé. Dans le car ce gosse avait la peur au ventre d'avoir oublié ses affaires ou que sa mère ait reçu un courrier de l'école pendant son absence. Il y a des nouvelles le concernant mais pas seulement. Ce sont des rendez-vous pour un emploi (sa mère), parfois elle en parle, et souvent elle n'en parle pas mais son regard en est hanté. Elle essuie des échecs, à quel vil prix ils voudraient l'embaucher ; mais elle ne marche pas dans leurs combines, elle ne les accepte pas. Du travail sous-payé de secrétaire, elle en trouverait deux par semaine, à cette époque, si elle acceptait de… Suffit de traverser la rue, comme disent les grands cons d'aujourd'hui… Je regarde par la vitre du car, je ne reconnais plus rien.

Je ne connaîtrai plus jamais la frousse de ce petit bonhomme à la sortie du car scolaire de la cour d'Amsterdam. En fait je ne ressentirai plus jamais la même trouille que lui. Je n'aurai plus la trouille que mes pantalons soient salis, mes boutons arrachés, que les entretiens d'embauche se soient de nouveau mal passés. En plus cet internat coûte de l'argent, je ne lui coûterais plus jamais rien si je le pouvais. Oui, si je le pouvais, je partirais vraiment au lieu de fuguer pour revenir, au lieu de fuguer quelques heures, quelques jours, presque rien. Je n'aurai plus besoin de jamais fuguer. Ou alors si je fuguais aujourd'hui, étant majeur et vacciné, plus aucune personne n'aurait l'idée de me demander ce que je fais ici, depuis tant de jours, aux abords de la gare. J'attends le car scolaire qui ne marche plus... Je ne sais pas ce qu'on me répondrait, si je le faisais. En tout cas certains jours, je ne sortirais plus jamais de l'autocar dans la cour de la rue d'Amsterdam, qui n'accueille plus aucun arrivage de gamins des banlieues. Je n'aurai plus jamais « la boule au ventre ». Ma mère disait la boule au ventre en parlant de ses entretiens d'embauche; de crises de panique sur le trottoir, dans une rue, en attendant les résultats d'examens de labo. Elle disait aussi souvent : « La peur n'évite pas le danger. » Elle aimait bien les phrases toutes faites, ma maman. Je devais sortir du car parmi les derniers.

Pourtant, d'un autre côté, j'aimais bien arriver à Paris par la porte de Champerret. Parfois, sur le chemin, j'imaginais une vie calme et heureuse du côté de Pont-Cardinet. Ensuite, je commençais à avoir mal au ventre. J'ai toujours eu mal au ventre à la gare Saint-Lazare pendant mes jeunes années. À 13 ans on m'a changé de pensionnat, je ne donnais pas satisfaction. En plus c'était trop cher, même comme boursier, pas vraiment au niveau rapport à l'éducation. Chaque semaine c'étaient des longs voyages pas longs jusqu'à la gare Saint-Lazare. Certains parents attendaient leur enfant et repartaient juste après pour arriver à l'heure du déjeuner. On n'était pas tous internes dans cet endroit. En fait, il n'y avait pas tant de monde que ça le samedi dans la cour intérieure de la Sernam, rue d'Amsterdam. Les gosses avaient tôt fait de disparaître. Un peu avant midi le samedi matin, c'était comme tomber dans une faille du temps, ou dans un temps devenu incertain. Les gens, le monde autour, semblaient un peu arrêtés… Ça ne durait pas longtemps.

Oups me voilà : bonjour m'man, ça va ? Ma mère me regardait de bas en haut, elle tendait la joue vers moi à la fin de son inspection. Il sortait de sa voiture après elle. Ah là là, elle concluait. Ou elle relevait la tête pour le murmurer, oui, ou non, en regardant nulle part, là où je n'étais pas, là où j'étais. Parfois il l'accompagnait et faisait comme elle, mais, comme il me l'avait déjà expliqué, entre garçons c'est mieux de se serrer la main. Il me regardait poser mon sac rouge dans le coffre. On rentrait dans sa voiture. Ensuite il me regardait dans le rétro. Il avait cette façon de régler à chaque fois son rétro. J'avais du mal à croiser son regard et plus encore à ne pas le croiser. On passait devant la gare, on remontait la rue de Rome le long des rails, on traversait par Clichy-Levallois, sur les derniers pavés. Je m'étais vite fait une idée. Je devais serrer les dents avec l'amant. J'ai mis peu de temps à comprendre : ce type détestait les enfants, moi en tout cas, mais il ne se rendait pas compte que, de semaine en semaine à la gare Saint-Lazare, j'étais de moins en moins un enfant. Il avait les yeux très fixes dans le rétro. Pour lui les gens avec les yeux bleus étaient la règle générale, ils étaient plus intelligents que ceux avec les yeux marron. Ma mère ne répondait rien. Elle ne devait rien trouver à répondre. Je pense à Anna, ma grand-mère, à Jeanne, ma marraine, à leurs yeux bleus intelligents. Ma mère a les yeux noisette, ça doit être pour ça..

Il me semble que parfois l'amant et elle ont dû parler avec animation dans la voiture et maintenant ils en ont terminé, comme s'ils avaient déjà laissé s'échapper toutes les paroles du week-end. Il n'y a plus rien à raconter. Ou bien ce doit être ma faute s'ils arrêtent de se parler. Il met des cassettes, il met les infos. Il met FIP ou France Musique. Il aime le jazz. Parfois il chantonne les morceaux. Il a des souvenirs du Caveau de la Huchette, du Festival de Juan-les-Pins. Chez lui il a une grosse chaîne hi-fi Bang et Olufsen, ce sont les meilleures, il nous dit. Écoutez les graves et les aigus ! Quand on écoute les graves et les aigus, tout le monde ferme les yeux comme lui, pas moi. Il prend la rue de Rome. La rue de Rome peut paraître immense au départ et puis finalement non, elle n'est pas si immense que ça… Pour repartir lundi matin je reprendrai le train à Saint-Lazare, j'irai là-bas seul comme un grand. Parfois, dans la voiture, il se tourne vers ma mère et il lui dit :

– Ça sent bizarre, tu ne trouves pas ?

– Ah bon, vous trouvez ?

Elle le vouvoie.

– Oui, un peu. Non ?

Il me regarde dans le rétro. Il a de forts soupçons. Elle ne lui répond pas. Elle me regarde à son tour dans le rétroviseur. Ils n'ont pas le même regard, mais ils se posent la même question. Il baisse un peu la vitre de sa voiture aux vitres teintées, à croire que c'est moi qui pue dans leur vie à eux, chaque samedi. Je me rappelle aussi qu'une ou deux fois, sur le chemin, elle m'a montré la station Europe d'où l'on aperçoit toutes les voies de la gare Saint-Lazare. Ils ont dû rajouter des grilles aux parapets, on l'appelle bien le pont des suicidés. Du coup les gens ne peuvent plus se jeter ici sur les voies, parfois se suicider ce doit être aussi dur à réussir que ses entretiens d'embauche. On continue par la même route ; un jour, je voudrais refaire exprès ce trajet à pied. En vrai c'est un peu loin, mais pas trop.

Quand on arrive à l'ILM, je dois tout de suite filer dans ma chambre. Elle est juste à gauche de la porte d'entrée. J'en ressors quand elle m'appelle, on va manger, tu viens ? Je me couche souvent tôt, le samedi, aux horaires d'internat. La nuit je rêve de trains qui ne partent jamais. Je rêve d'endroits de neige et d'escalators qui montent et descendent entre des villes et des nuages. Ce n'est pas toujours le même chauffeur dans le car pour Paris. Je ne rêve jamais de rentrer chez moi le week-end. Je rêve qu'on est déjà lundi. J'attends de reprendre le train pour les laisser tranquilles, pour ne plus les embêter… Punaise, c'est tellement loin, c'est tellement proche aussi, ça ne s'est jamais terminé.

Et bien sûr je ne reverrai plus jamais cet amant, celui qui venait me cueillir avec elle dans la cour d'Amsterdam. Il a fini par disparaître un jour sans crier gare. Il n'avait pas dit n'importe quoi, il n'avait pas dit de mensonges, il n'avait jamais dit qu'il resterait. Un jour il a juste disparu de la circulation. Il était grand, yeux bleus, teint pâle et air de bonne famille. Il avait arrêté les Gitanes filtre et dorénavant il fumait des Gallia, les cigarettes légères, légères, légères !… qui filtraient l'air pour le purifier… c'était comme une cure thermale à fumer. Dire que des publicitaires ont osé raconter des trucs comme ça. Il parlait d'une voix sourde, il était froid et distant. Il n'aimait pas les enfants, en tout cas moi il ne m'aimait pas, ça lui pesait que ma mère ait cette responsabilité, celle d'un garçon comme moi. Avec ma sœur aînée ça allait mieux. Avec elle il se trouvait sur un terrain glissant peut-être, mais connu. J'ai su bien plus tard, je le sentais juste dans l'air, sans savoir exactement…

Avec elle il parlait de l'avenir, de quand elle aurait 18 ans. C'était un secret entre eux. C'était un secret pourri. Elle pourrait partir avec lui quand elle aurait 18 ans ; il lui ferait découvrir la vie, la vraie vie dans d'autres endroits. Il lui ferait tout découvrir évidemment…

Ma mère, il l'avait rencontrée dans un bureau de Neuilly où elle avait été secrétaire, station Sablons. Je ne les voyais que les week-ends. Quand il venait, il s'asseyait sur le divan rouge tout carré qu'elle avait acheté à crédit. Ma sœur restait assise avec lui de temps en temps. Elle se mordait la lèvre, elle l'écoutait. Je ne sais pas où est ma mère quand ils sont assis là tous les deux ? Je ne sais que peu de choses sur lui, peu de choses sur eux. Ensemble, ils passaient parfois des week-ends dans une grande maison bourgeoise de Montfort-l'Amaury, où des amis à lui les recevaient. Ma mère, elle aimait bien être reçue là-bas. Là-bas c'était comme nulle part qu'elle connaissait, elle n'aurait pu avoir accès à la villa de ces gens sans lui. Là-bas, sa vie entière aurait été bien différente. Là-bas, elle n'aurait peut-être pas eu d'enfants, ou alors d'autres enfants ?

L'amant, je me rappelle encore son regard dans le rétro, quand ils venaient m'attendre cour d'Amsterdam. Mes sourcils avaient tendance à se rejoindre. Il avait des doutes sur les facultés intellectuelles des gamins aux sourcils trop fournis. Il en avait parlé à ma mère. Les gens du Sud et ceux du Nord étaient bien différents. On avait beau dire… Il avait des doutes sur l'égalité. Il avait plein de drôles d'idées. Ma mère le regardait bouche bée, elle répondait surtout avec ses yeux ces années-là. Parfois elle devait bouillonner du dedans et quand elle rentrait dans l'ILM, le vendredi soir, j'entendais au bruit de ses pas dans l'escalier si elle était furieuse, ou fâchée. D'autres fois, elle était seulement fatiguée. Elle était souvent fâchée, contre moi je me disais. Elle disait souvent des choses comme lui, elle disait : « Il ne perd rien pour attendre. »

À ma sœur l'amant débitait ses histoires. Il avait inventé un grand rêve pour elle ; on n'était pas obligé de suivre le troupeau, on n'avait pas à se soucier de ce que pensent les gens, car ils pensent tellement de choses fausses, les gens. Avec ma mère ils retournaient parfois chez ces amis dans la grande villa de Montfort-l'Amaury. J'ai rencontré une fois le proprio de la villa. Il avait l'air sympa. Il était toujours déprimé. Il essayait tous les traitements. À la fin ça lui contrariait l'estomac. Ça le faisait dormir le jour. Avec sa femme ils rentraient à Paris le dimanche soir pour le travail, il bâillait dans les bouchons du tunnel de Roquencourt. Dès qu'il quittait la ville de Montfort-l'Amaury, il était de nouveau « crevé » pour sa semaine au bureau. Sa femme levait les yeux vers le plafond. Il vivait dans sa brume, il aurait préféré arrêter de bosser.

Cette année-là l'amant aussi avait fini par perdre son travail. Ma mère ne parlait pas. Elle avait bien du mal à me parler, à lui parler. Les mots devaient se coincer dans sa gorge. Ou bien elle attendait d'être seule avec lui, ou seule avec elle ou ma sœur aînée. Avec ma sœur aînée quand même, ça allait. Je ne sais pas si elle s'était rendu compte des choses qu'il racontait, l'amant. L'amant était vraiment gratiné, elle utilisait ce mot-là : gratiné. Pas pour parler de lui, évidemment.

Il avait vu enfant la guerre en province dans une grande maison. Sa mère était encore en vie. Il devait parfois lui rendre visite pour le week-end. Il était héritier ; il n'avait pas de travail en ce moment parce qu'il ne voulait pas poursuivre une activité en deçà de ses exigences et de ses capacités. Il parlait de ses rendez-vous avec ma mère en langage un peu codé. Je ne comprenais pas grand-chose. Presque rien en vrai. Il voulait devenir « dégé ». Il se garait devant la rue près de la voie ferrée. Devant leurs yeux je soulevais mon sac d'interne, le cartable des affaires de classe. Vous montez ? ma mère lui demandait ; elle disait « vous » aux hommes et parfois elle leur disait « tu » en secret, quand ils se retrouvaient seul à seul. Elle avait l'habitude de signer des post-it de ses initiales. CR. Va chercher une baguette de pain. CR. N'oublie pas de nettoyer la douche après ton passage ! CR. Fermez les portes. CR. Elle avait une armée de post-it autour d'elle.

Ils s'encourageaient à chercher. Ce qui était difficile pour lui, c'était de supporter ce moment-là, le chômage. En plus il y avait la « crise pétrolière ». Elle, elle se heurtait au plafond de verre des femmes qui n'avaient pas pu étudier, des mères célibataires. Il a bientôt fini par retrouver un travail en province, un poste de direction. Il passerait trois jours là-bas, quatre à Paris. Elle l'écoutait avec ses yeux.

– C'est bien, elle murmurait à peine.

Parfois elle ouvrait tout de suite mon sac d'internat et j'avais peur d'avoir encore oublié quelque chose, d'être responsable de ce regard qu'elle jetait vers le mur… Elle soupirait. Elle ne disait plus rien. Elle avait déjà trop rabâché. Oui, j'y étais bien pour quelque chose dans ce regard qu'ils avaient. Ma sœur rêvassait dans sa chambre ; elle attendait de partir en écoutant la radio, elle attendait ses 18 ans. Vous restez ? Vous rentrez à Paris ? Je les avais dérangés. Je les dérangeais, elle et lui. Ils étaient plus tranquilles en semaine, quand je n'étais pas là, évidemment.

Je ne prendrai plus jamais le train à Saint-Lazare en me demandant ce qui se passerait si je ne revenais pas, si je ne devais plus jamais revenir. Parfois je me déplace sur le quai 1, celui du commissariat de police. Il y a ce bureau des enfants trouvés dont on m'a parlé. Souvent j'ai envie de voir ce qui s'y passe. En fait, à 12-13 ans, je dois faire la confusion avec les objets trouvés. Mais je me laisse volontiers dans l'illusion, si jamais elle pouvait me tenir encore, jusqu'à la fin de cette année ! Je revois bien ma sœur sur le canapé rouge que ma mère a acheté à crédit. Je ne me doutais de rien. Lui portait souvent un col roulé. Avec son col roulé blanc, il semblait moins large d'épaules qu'avec son col roulé gris ou bien noir. Les cigarettes légères, légères, légères !... qu'il ne pouvait s'empêcher de fumer. Ma mère, elle aérait trois heures square Gay-Lussac dès qu'il partait, ça devait bien lui plaire qu'il soit presque de haute extraction. Sa mère à lui résidait dans un domaine près d'Angers, presque un château. Notre mère nous avait raconté, elle n'y était allée qu'une fois, mais c'était suffisant pour se rendre compte. La vieille était coriace, avec des grosses bagues.

– Vous pouvez les regarder de plus près, elles sont vraies !

Sinon elle ne trouvait pas les mots avec lui. J'avais toujours honte devant leurs yeux, le samedi, quand je rentrais de l'internat. Elle mettait mes habits à la machine. La machine à laver était tellement vieille qu'on devait la surveiller pour l'essorage. Il faudrait changer la machine quand elle aurait fini de payer le canapé. En attendant la machine avait tendance à se déplacer toute seule pendant le programme essorage. À plus de 600 tours-minute on devait s'asseoir dessus pour la maintenir. Ma sœur et moi, on se marrait. Et puis elle étendait le linge tout au-dessus de la baignoire sabot de l'ILM. Le samedi après-midi il n'avait pas toujours très envie d'être là. Pourtant parfois, il essayait d'être sympa et enjoué, ou de faire mieux semblant. Il profitait d'instants volés. Il l'enlèverait dès le jour de ses 18 ans ; il y a des endroits où il faut aller dans une vie ; la côte Adriatique, le Kenya pour les animaux sauvages. L'Allemagne et l'Amérique. Il se laissait emporter par les songes. Il avait vraiment dû essayer de temps en temps, mais il n'était pas fait pour ça. Il essayait d'expliquer les maths à ma sœur qui n'y entendait rien et n'en avait rien à cirer. Les maths étaient un truc de blond, à son idée. Il aimait bien ma sœur décidément, malgré ses sourcils rapprochés l'un de l'autre, ses cheveux bruns, même si l'intelligence était mieux répartie parmi les blonds de haute taille, mais enfin, il n'y a pas que l'intelligence dans la vie… j'avais 12 ans, 13 ans.

Ma mère n'était pas heureuse avec lui, j'avais trouvé ça tout seul... Ils passaient parfois le week-end à Montfort-l'Amaury. Je me souviens d'une photo d'elle sur les marches du perron, elle fume une Kent, devant la grande maison de ses amis. Elle est assise sur une marche du perron, adossée contre le mur. Il y a des plantations, des rosiers. Elle a l'air bien plus fraîche qu'eux. Elle est d'une insolente jeunesse par rapport à eux. Elle est belle là-bas, ma maman. C'était la maison de campagne où elle était la jeune femme seule, la mère célibataire qui « bouffe de la vache enragée ». Ensuite, elle était avec lui. Sur cette photo elle se tient un peu à l'écart, assise le dos au mur sur le perron, elle regarde vers nulle part. Je la comprends mieux aujourd'hui. Elle sourit dans le vide. Peut-être qu'elle oublie un peu à ce moment-là ce fameux plafond de verre qui l'a obsédée toute sa vie. Je ne sais pas qui elle y voit, et puis je n'ai plus cette photo.

L'amant nous emmenait parfois chez lui, dans son appartement du 17e arrondissement, à la porte de Champerret. Il y habitait à peine en somme, à cause de ses déplacements dans l'usine, en province. Il était devenu industriel pour une entreprise allemande... L'Allemagne, on a beau dire, ça marchait quand même mieux qu'ici. Bref, trois jours à Paris et le reste du temps à surveiller les employés, à se déplacer chez ses clients de province. Il faisait grimper le chiffre d'affaires. Il allait souvent à Francfort. Quand il était seul avec elle, il entreprenait ma sœur aînée sur le conte de fées qu'elle écoutait, sur le divan rouge tout carré, sans accoudoirs. Ma mère avait acheté une bouteille de whisky pour lui. On avait les verres qui vont avec, je me souviens. Elle allait vérifier qu'on avait des glaçons. On avait aussi les flûtes à champagne pour les fêtes. Sur ce divan on ne pouvait pas tenir tous ensemble. Tous ensemble était quelque chose qui ne marchait pas, tous ensemble était une illusion. Je ne me suis jamais guéri de ça, cette illusion. Ma sœur sortait de sa chambre et passait la tête dans le salon, s'il était là. Elle avait une certaine attirance.

– Qu'est-ce que tu fais ? elle me demandait… Tu vas faire un tour ? Tu restes là ?

Je ne comprenais pas ; je n'ai compris que bien plus tard. Je n'aurai jamais bien compris. Je n'aurai jamais rien compris. Ils partiraient dans sa voiture ; ils prendraient des avions et des trains de nuit. Ils se moqueraient bien du qu'en-dira-t-on, de ces conventions idiotes qui interdisent aux filles de 18 ans de coucher avec des types qui ont passé les 45. Ou plus, ou moins, quelle importance ? Elle attendait que ça arrive, finalement.

Ma mère cherchait encore du travail. Elle ne voulait pas prendre n'importe quoi, elle tâtonnait sous le plafond de verre, elle cherchait les ouvertures, les failles, les solutions. Il devait être inquiet qu'elle se rende compte. Il avait souvent l'air fâché quand on le regardait. Ses chemises à rayures. Ses cravates bleues ou noires. Il savait bien quels couteau et fourchette employer dans certains repas d'affaires, mais il en avait eu marre lui aussi de leur servir à ça. Il voulait « rebondir », « prendre des risques », exister. Avec ma sœur on se regardait, ma mère l'écoutait avec les yeux, elle suivait toutes ses paroles en ayant l'air de penser à autre chose, d'en entendre d'autres à la fois, en même temps. Il allumait bientôt une cigarette Gallia légère, légère, légère!... Ma mère fumait des Kent et des Craven A, elle prenait des pilules de sa boîte à rêves. Avec ma sœur aînée, on lui offrait des piluliers pour ranger ses Tranxène, et puis des sacs à main avec des pochettes bien séparées pour la fête des Mères.

On est allés manger chinois chez lui pour la première fois de notre vie, et puis aussi, on a visité les puces de Clignancourt, où il aimait aller chiner. Dans son appartement il avait un orgue Hammond avec trois claviers et il lui arrivait de s'exciter dessus, on changeait les sonorités avec des clapets de couleur; il marchait pieds nus sur la grosse moquette. Mais chez lui il y avait toujours ce même problème des choses à dire qu'à la maison.

Il en était exaspéré je crois bien. Ils attendaient d'être tous les deux, ma mère et lui, ma sœur et lui. Ça aurait pu mal finir mais à la place, ça a juste mal continué. Baratiner ma sœur, comment ils se retrouveraient main dans la main à Venise ou à Ibiza. Moi j'étais le gosse à venir récupérer à la gare Saint-Lazare. Ça coûtait cher en plus, les internats. Elle allait aux entretiens d'embauche ; le grand bourgeois dépressif de Montfort-l'Amaury lui avait donné des conseils, elle avait des CV et des cartes de visite… elle bouffait de la « vache enragée ». L'amant ôtait ses costumes quand il revenait de province. Il portait une veste en daim, des jeans et mettait ses lunettes de soleil pour remonter jusqu'à Pereire où il achetait une cartouche, il en profitait pour gratter des tickets de loterie sur un coin de bar… Me détestait-il vraiment ? Aujourd'hui, je me dis qu'il avait peut-être surtout peur de se faire percer à jour, qu'il devait en avoir marre de tout ça mais qu'il ne pouvait pas s'empêcher… Ma sœur avait fait le mur de son internat à elle, elle était passée par le toit. Quand elles s'en étaient rendu compte, les sœurs avaient donné un coup de fil. Ils étaient allés la chercher en voiture, puis il les avait emmenées manger une glace sur les Champs-Élysées. Je me dis que c'est peut-être là qu'il avait imaginé… Ils étaient quand même plus sévères avec moi.

Il aimait les sujets scientifiques. Pour rester dans le coup il était abonné à des revues genre *Science et vie*, *Sciences et avenir*, il avait fait une école de commerce. Il avait tout vrai et tout faux aussi. Il jouait au bridge et ma mère avait commencé à apprendre avec lui. Là-bas, à Montfort-l'Amaury, ils ne se seraient jamais doutés qu'elle venait d'une famille de joueurs invétérés. Elle comptait les points, les cartes, les plis, les atouts sans se tromper. Ils la complimentaient. Elle avait le bridge dans le sang. Elle voulait gagner. Il s'était mis en tête de m'apprendre à jouer aux échecs et au jeu de go. Il racontait qu'il jouait avec son père aux échecs. Il finissait par gagner, au bout de plusieurs parties, quand son père était fatigué. Avec moi, il gagnait toujours. Je me laissais berner. Quand on jouait tous les deux, il avait du mal à dissimuler son énervement, j'étais le môme pas doué. Il a dû faire beaucoup d'efforts, l'amant, qui s'est tiré sans crier gare et nous a laissés en plan.

On était partis en vacances à la neige. Il avait acheté une nouvelle voiture, une Peugeot à vitres teintées, pour faire ses allers-retours en province c'était mieux, et puis, vu ses nouvelles responsabilités… On était arrivés là-bas vers le soir, trop tard pour skier. Du coup il avait eu envie d'aller faire du patin à glace avec ma sœur aînée qui en faisait souvent avec ses copines à la patinoire d'Asnières-Gennevilliers. Mais, à peine monté sur les patins, il avait fait une mauvaise chute, il ne pouvait plus se relever. Il s'était cassé le fémur en fait. Ma sœur est retournée déposer ses patins en s'agrippant au bord, elle n'avait pas eu le temps de patiner. Elle irait plutôt à la patinoire d'Asnières avec ses copines. C'était vraiment une mauvaise chute, ils ont dû vite l'opérer. Ma mère n'avait jamais conduit des grosses voitures comme ça, d'ailleurs elle n'avait pas encore de voiture. Je crois me souvenir qu'il était à Thônes ou à Sallanches. On devait descendre là-bas pour le rejoindre. Ça tourne fort pour arriver au fond, dans la vallée. Elle était stressée comme pas permis, ma maman. On avait quand même les pneus neige, mais au bout de quatre ou cinq virages en descendant dans la vallée on fait un tour complet dans le sens de la pente, sur une plaque de verglas. La voiture est retombée sur ses quatre roues et on n'a pas été blessés. Il faudrait réparer la voiture aussi, dorénavant. Je me demande bien ce qu'il a pensé de tout ça, sur le coup. Avec ma sœur on restait côte à côte. On n'aurait jamais dû aller skier dans sa voiture bleue aux vitres teintées. Il n'aurait pas dû proposer la patinoire si c'était pour se retrouver direct à l'hosto. Ma sœur se mordait les lèvres. Les vacances à la neige étaient déjà bien ratées. C'est pas de chance, oui, c'est moche… Finalement on a pris le train pour rentrer à Asnières. Lui est revenu en taxi-ambulance. C'étaient des vacances pourries, ma mère n'en prenait jamais. Elle était vraiment traumatisée avec ses snow-boots dans le train du retour, on a sorti nos sandwiches enveloppés dans le papier d'alu. Les snow-boots, elles laissaient des traces bien bizarres. Oui, je me souviens surtout des snow-boots et des fiches horaires, des plans des pistes de ski, mais il était tombé avant et il ne pouvait pas se relever. Elles étaient trop pourries, les vacances à la neige. Quand il s'était effondré sur la glace, il avait dit d'une voix encore plus sourde qu'il avait mal et il ne pouvait pas se relever.

Pour manger chinois, il sortait des baguettes. Ma mère et lui me regardaient, j'en mettais partout sur la table, ça semblait confirmer ce qu'ils avaient l'air de se dire sans un mot. Il a dû passer pas mal de temps en convalescence. Il a fait réparer sa voiture. Il a pris le train pour l'usine, il devait honorer ses rendez-vous. Il avait trouvé des partenaires, encore des Allemands. Il était carrément devenu industriel ! Ma mère épluchait les petites annonces. Elle faisait des crises de panique dans la rue. Les choses se sont accélérées, en silence. Ma sœur mettait pas mal de temps pour avoir 18 ans ; elle sortait de sa chambre pour aller dans le salon. On avait ce divan rouge tout moderne, personne n'aimait s'asseoir dedans, en vrai. On était plus seuls côte à côte sur le divan que chacun dans son coin, ma sœur dans la chambre du fond, moi dans celle à l'entrée, ma mère dormait dans le salon. Elle avait bien du mal avec lui. Il aurait voulu lui faire de la place mais elle était déjà bien pleine et puis, maintenant, il marchait avec une canne, suivait une rééducation. Il passait plus de temps porte de Champerret, chez lui. Il sortait vraiment du lot, avec ses yeux bleus et sa haute taille, ses propos curieux sur les races européennes, les sourcils qui se rejoignent et les mathématiques, et puis les 18 ans de ma sœur aînée. L'amant, non, décidément, je ne l'aimais pas. Il ne m'aimait pas. Il avait peut-être ses raisons ; tout le monde a ses raisons. Il a sans doute essayé pour ma sœur, pour ma mère. Ces raisons au bout du compte, on finit toujours par les oublier.

Un lundi matin ma mère a dû partir en Angleterre. Elle nous a juste dit qu'elle devait s'absenter. Elle a sorti la petite valise bleue du sommet de l'armoire dans le couloir des ILM. Les femmes avortaient là-bas en 1973. Il y avait aussi la Suisse, la Belgique et la Hollande. Je me suis demandé plus tard pourquoi elle ne l'avait pas fait à Paris. En fait, l'enfant pas né serait encore moins né là-bas, et puis l'amant, après, on ne l'a plus jamais revu. C'était aussi simple que ça. Elle avait pris trois jours de congé. Dans les burlingues il ne faut pas laisser les gens songer trop longtemps qu'ils pourraient se passer de vous. Tout serait vite rebouché. La semaine suivante ma sœur est venue se rasseoir sur le divan rouge trop carré, en face de la porte-fenêtre. Elle aurait bientôt 18 ans. L'histoire s'était arrêtée. Parfois, les feuilles des peupliers du square frissonnaient, ma mère était mal foutue. Elle avait des absences ; elle parlait avec ses yeux presque tout le temps. C'étaient pas des phrases compliquées, c'était pas non plus le silence. Plus besoin du car scolaire où on allait m'attendre, je pouvais prendre le train dorénavant. Il avait vraiment disparu de la circulation.

Son appartement de la porte de Champerret est resté volets clos pendant de nombreuses années. Une fois, ma mère m'a dit qu'ils auraient pu avoir un enfant ; elle aurait bien aimé agrandir la famille, tu aurais eu un petit frère, ou une petite sœur, tu comprends ? Sur le coup ça m'a scié, je n'ai rien répondu. Il n'y avait rien à répondre. Je ne l'ai pas comprise, déjà qu'elle en avait marre de moi. De temps en temps, elle avait des nouvelles des gens bien, ceux de la maison de campagne à Montfort-l'Amaury. Ce devait être comme de vivre dans un film de cinéma, cet endroit-là... Une fois après sa disparition j'ai appris qu'il était allé leur rendre visite accompagné d'une fille de 25 ans, un physique de mannequin. Ce n'était pas ma sœur aînée, évidemment... Du coup ils ne l'ont plus invité, et on n'a plus jamais entendu parler de lui. À 18 ans, ma sœur aînée a décidé de partir par ses propres moyens, il n'avait jamais tenu ses promesses, en vérité.

J'avais 20 ans passés à la gare Saint-Lazare. Cette fois l'amant avançait dans le hall des départs, ses cheveux étaient devenus blancs. Il portait toujours une canne, son costume gris perle, une cravate rouge. Il venait de la rue d'Amsterdam et avançait en cherchant le quai du train sur le tableau des départs ; il avait le même regard qu'avant. Il ne s'était vraiment pas loupé à la patinoire, décidément… Quand il m'a aperçu, il a continué d'avancer, sans éviter mes yeux, sans aucun soupçon d'intérêt, sans le moindre signe de reconnaissance. Après tout c'est normal, il n'était que de passage à la gare Saint-Lazare. On ne se reverrait jamais, et c'était beaucoup mieux comme ça. Et c'était vraiment fini.

Je n'irai plus jamais rôder du côté des consignes de la gare. En fait ils les ont supprimées après les premiers attentats. Il y en a depuis longtemps, des attentats. Ils ont enlevé ces boîtes en fer de format différent où les voyageurs rangeaient leurs valises et d'autres genres d'affaires, parfois des secrets. Dans mon esprit, les consignes font bien la paire avec les objets trouvés et la poste restante. Pendant longtemps, l'agence Duluc détectives avait un grand panneau en lettres sur le toit du dernier immeuble de la rue d'Amsterdam. Ce devait être un boulot en or, on pouvait se balader et prendre des photos. Mais, pour les détectives à pied et à l'ancienne, sans portable et souvent accoudés aux comptoirs, spécialisés en d'improbables filatures, c'était déjà le début de la fin. Qui fait encore appel aux détectives privés de l'agence Duluc, avec leur air anodin et leurs habits passe-partout ? Est-ce qu'ils existent encore au moins ? Avec mon copain de fugues, qu'on appelait le Crobard parce qu'il passait son temps à dessiner, on aurait bien voulu se faire embaucher. Pour s'entraîner on jouait parfois à se suivre l'un l'autre, incognito, mais c'était déjà trop tard...

Je retourne encore parfois aux objets trouvés de la gare Saint-Lazare. J'aurai perdu beaucoup de parapluies, comme tout le monde, des portefeuilles et des pièces d'identité. Je tâte de plus en plus souvent mes poches à la recherche de mes clés : j'ai gardé beaucoup trop de clés. J'en ai perdu beaucoup aussi. Pour les consignes les gens utilisaient une petite clé rouge. Le plastique devait pouvoir facilement garder les empreintes. Les voyageurs mettaient leurs valises à la consigne avant de changer de train, de revenir le soir après leurs rendez-vous, de faire les magasins avant de partir. Mais du côté des consignes, vers la rue d'Amsterdam, les gens faisaient aussi de drôles d'affaires. On entendait parler de trafic de devises, de trafic de drogue, de lieux de rendez-vous bien décadents. Ces rumeurs s'étalent dans les revues un peu dégoûtantes d'affaires de police mal ficelées, d'enquêtes bâclées ou passées sous silence, tellement nous n'avons pas envie de savoir des choses comme ça. Les gens s'échangeaient des clés. Aux objets trouvés, dans la cour d'Amsterdam, près des bureaux de la Sernam, un service particulier gérait « les encombrants ».

J'ai passé mon enfance à rêver de voyages. Il fallait tout prévoir. Quand il s'agissait de fuguer, j'avais besoin d'une base arrière. Tous mes voyages passaient par la gare Saint-Lazare. Je me prendrais une consigne grand format. J'entasserais des slips et des chaussettes de rechange dans la consigne, et si j'avais assez d'argent pour une grande boîte, je mettrais aussi des livres de poche pour avoir de quoi lire en cavale. J'ai passé beaucoup d'heures là-bas. À 16 ans, avec mon copain qui séchait plus que moi, à regarder tout le trafic dans les halls de la gare, on avait inventé un système pour les jeunes mamans qui devaient aller au travail. Comment faire garder leur bébé ? L'invention du Crobard : un genre de système de consignes aménagées en petits lits douillets, avec des clés rouges. On avait imaginé des couveuses ferroviaires. Les mères y rangeaient les bébés en arrivant et les reprenaient à la fin, quand elles en avaient terminé. Bien sûr on aurait pu aussi utiliser des trains désaffectés comme pour loger les sans-abri. Mais les trains nous plaisaient moins. Lui n'avait plus sa mère depuis pas mal de temps, elle était morte d'un sale cancer. Elle n'avait pas été une gentille maman avant de mourir. Sa copine m'avait raconté… Parfois elle lui pinçait la peau de la main en le regardant droit dans les yeux. Je suppose qu'on laisse les traces qu'on peut. Le concernant, ça a marché. Elle lui disait qu'il était méchant. Il a vite lâché les cours, la vie normale, la vie de tous les jours. Il restait très bon en dessin. Il avait dessiné en rêve la plus grande crèche ferroviaire du monde gare Saint-Lazare, à faire pâlir d'envie tous les enfants trouvés dans des boîtes à chaussures. Je tenais là un vrai sujet de best-seller, à son avis.

– Oh, tu crois ?

Je n'ai jamais su écrire de best seller. Je ne le saurai sans doute jamais. L'employé des consignes me voyait rôder dans le coin, mais il ne s'en inquiétait pas. S'il fallait s'inquiéter de tous les fugueurs de la gare Saint-Lazare, on n'en aurait jamais fini... Le problème : je devais trouver de l'argent, je devais trouver où dormir, je devais trouver du travail. Travailler quelque part est bien difficile quand on arrive à Saint-Lazare et qu'on ne sait pas où aller. Je voulais rester au bord de tout ça, dans la salle des pas perdus, dans le hall des départs, au bout d'un quai. C'était de plus en plus difficile de rester juste au bord. J'ai essayé, mais bon.

J'étais seul à la gare. Le Crobard dessinait ailleurs ce jour-là. J'ai rencontré ce type près des consignes. Il portait un costume gris clair, une cravate bleue, un imper à son bras. Quand nous avons parlé, je me suis rendu compte qu'il avait un fort accent du Nord, flamand ou hollandais, mais en fait je ne connaissais pas bien. Aux consignes, j'avais toujours l'impression que des choses m'arriveraient, des choses mystérieuses, ou douloureuses, de vraies choses en tout cas. Et puis, on était à court d'idées pour notre crèche ferroviaire. Elle ne nous amusait plus. Le Crobard s'était jeté avec passion dans ses dessins pour ce projet, il suivait son idée, et puis il en avait eu marre, au bout d'un moment. Je me disais qu'en fait notre crèche ferroviaire était raccord avec sa vie, il cherchait un hébergement depuis déjà pas mal de temps, depuis la mort de sa mère. Il vivait dans une chambre de bonne que son père louait pour lui. Il m'avait filé ses clés. Son père avait une nouvelle famille, de nouveaux enfants.

J'ai suivi le bonhomme vers les consignes, à un moment, il a senti que j'étais derrière lui, et il a juste fait un petit sourire. Je crois me rappeler ce petit sourire, un paquet d'années plus tard. Il regardait vers la sortie de la rue d'Amsterdam, si ça avait l'air d'aller de ce côté-ci. Il regardait un peu crispé vers la librairie-kiosque au coin, celle qui a été reprise par Payot aujourd'hui. Il a fini par se tourner vers moi.

– Bonjour, excuse-moi. Je peux te parler trente secondes ? (J'ai reculé d'un pas.) Non, n'aie pas peur. Je vois à quoi tu joues.

Il avait seulement un service à me demander. On était entourés de plein de gens. J'ai hoché la tête que oui. J'ai toujours été serviable dans la vie de tous les jours, surtout pour les étrangers.

Avec mon pote des crèches industrielles, en général, en vadrouille à Saint-Lazare on avait le cœur léger, on aimait bien les histoires d'orphelin, on allait aussi vers la rue de Buda où les grosses prostituées tenaient les pas de porte. On était persuadés qu'elles avaient un cœur en or, mais nous, on avait des oursins dans les poches. Ce type, c'était le genre de type qui se tient tout près de vous pour vous parler. Il avait un accent bizarre, pas chantant du tout. Les yeux très bleus, les sourcils blancs ou gris. Les lèvres trop minces. Ce n'était pas compliqué : il voulait que je prenne des papiers dans une consigne, il ne le faisait pas tout seul parce qu'il avait peur d'être suivi. On se retrouverait au bar des départs, non, pas celui du bas de la rue du Rocher, plutôt celui de la rue d'Amsterdam, le petit auvent rouge. Il s'agit d'un autre bar pour un autre départ. Je n'ai pas répondu tout de suite. Il y avait des appels dans les haut-parleurs, pour des changements de quai, des sonneries pour marquer les départs. Sur le coup j'avais enfin l'impression d'entrer dans une grande aventure... Bien sûr, ça clignotait de partout dans ma tête. Je fis mine de m'inquiéter. Non, il n'y avait aucun risque pour moi. Il n'avait pas le temps de m'expliquer. Il n'était pas un bandit, il n'était pas recherché par toutes les polices de France, Interpol ou la CIA, mais il se retrouvait dans une situation inextricable, il était sans doute suivi... Il avait des employés à payer tous les mois, il était secondé par d'honnêtes travailleurs. En fait, personne parmi les surveillances qu'il soupçonnait n'aurait l'idée de se préoccuper d'un petit lycéen comme moi. Par chance, on ne m'aurait jamais pris au sérieux.

– Alors, c'est d'accord ? J'ai vraiment besoin d'aide...

Ce doit être ce qui m'a décidé, ça et le salaire à payer à ses employés. Il m'expliqua qu'il fallait aller vite, sans hésiter, pour ne pas laisser paraître notre trouble. Ne pas regarder de trop près les consignes numérotées. Il me fit répéter plusieurs fois le numéro. Il me dit de ne pas hésiter, de ne pas regarder celles avec une clé rouge qui n'étaient pas utilisées. Il me tendit un billet de 50 francs. Je le pris sans regarder vraiment, sans ouvrir complètement la main.

– Tu auras la même chose tout à l'heure, au café. Je t'attends.

Je hochai la tête. Parfois c'était vraiment facile de gagner vite fait de l'argent. Il bifurqua sans dire un mot, me laissant seul avec la clé. J'allais vite raconter tout ça au Crobard, je ne pensais même pas au danger, il n'y en avait pas selon lui. J'ai préparé mon coup avec les yeux. Je ne devais pas hésiter. Je devais aller vite et avoir l'air naturel, juste un de ces lycéens qui sèchent les cours. J'ai fait comme il m'a expliqué. Il s'agissait juste d'un dossier rouge dans une pochette plastique, et de deux enveloppes grand format décachetées. Puis, j'ai fait demi-tour sans regarder autour de moi.

En quittant les consignes, je me suis rappelé que j'avais loupé le cours d'histoire, pas seulement les maths et l'heure de permanence. Les histoires, j'aimais bien ça, mais pas les cours d'histoire. Les dossiers n'avaient rien de spécial, apparemment. La clé était un peu sale. Elle était sans doute un peu sale d'avoir transité dans les mains de pas mal de types comme lui. Bien sûr, c'était vraiment trop bien payé comme petit boulot lycéen. J'allais sans doute me prendre une colle et puis, sans que je m'en doute, je date de ce moment-là la fin de notre amitié de la gare Saint-Lazare, à mon ami et moi. Pourtant avec ce type ça s'était passé comme sur des roulettes, c'était rentré comme dans du beurre, a piece of cake et fingers in the nose, sans la moindre difficulté ! En vrai, personne ne semblait m'avoir prêté la moindre attention. Comme il m'avait alerté, je n'ai pas fait l'erreur de me retourner juste après, histoire de voir si j'avais déclenché l'intérêt d'acolytes anonymes dans ce coin du hall des pas perdus. Il m'expliqua plus tard que deux frères rivaux de son entreprise voulaient lui faire la peau. Un des deux types était rouquin, il avait bien regardé alentour avant de me laisser pour rejoindre le bar. Les deux frères voulaient mettre la main sur ces documents. Il m'attendait, assis au fond de la salle. Personne ne regardait de son côté.

Je me suis assis en face de lui. Il a tendu la main vers les documents, y a jeté un œil distrait. Puis il les a rangés dans son attaché-case.

– Merci, c'est bien ça…

Il a levé les yeux vers moi, vers le fond du petit bar, du côté de l'entrée et de la rue d'Amsterdam.

– Tu as envie de boire un verre ?

– Euh oui, un demi.

– Tu as quel âge ?

– Dix-huit ans…

Il lui restait encore un peu de temps. Ensuite il devrait changer de gare, aller gare du Nord pour repartir en Flandres. Il avait déjà changé de pays. Il avait l'air un peu rêveur, depuis qu'il avait récupéré les documents, comme s'il avait couru longtemps.

– Euh.. On avait bien parlé de 50 francs ?

Il hocha la tête. Ce qu'il avait l'air fatigué. Il me donna un autre billet froissé qu'il avait tiré de la poche comme si c'étaient des vieux tickets de métro ou des pièces de monnaie qui traînent. Il avait signé les statuts d'une société fantôme, il avait été berné par des gens. Ces dossiers prouvaient sa bonne foi… Il avait envie de parler. En fait, il ne pouvait pas arrêter de parler, comme si j'étais un avocat véreux et qu'ils allaient arriver d'une minute à l'autre. Puis, à un moment, il a dû se rendre compte qu'il en avait trop dit, ou alors pas assez. Ah, faut que je paie. Il avait vraiment des tas de billets dans son manteau un peu fripé.

– Bon. Merci. Tu y vas maintenant ?

– Oui.

Quand je le quittai, il était en train d'allumer une vieille cigarette HB. Je me rappelle que, de près, ses sourcils me semblaient encore un peu roux, alors que dans la gare ils étaient gris. Ses cheveux poivre et sel. Son costume de bonne coupe mais usé. Ses rides un peu enchevêtrées. Son manteau clair. Il n'était pas large d'épaules. Il avait passé sa main sur son front à plusieurs reprises quand j'étais en face de lui, dans le café. Il était en sueur… Parole, il vous donnait envie lui tendre un mouchoir. J'ai traversé la rue d'Amsterdam en sens inverse. Je suis retourné vers les consignes de la gare Saint-Lazare. Quand même, c'était bizarre ! J'avais vite fait gagné 100 francs. Oui, il n'y avait rien de spécial aux consignes. C'étaient des boîtes pour les représentants, les voyageurs et les familles, les équipes de foot qui laissent leur sac de sport. Les gens vont peut-être voir un film ou faire un tour dans les magasins, les Galeries ou le Printemps, puis ils rentrent chez eux. Le type avait vraiment eu l'air inquiet dans le café. Je suis revenu sur mes pas… Retour dans la rue d'Amsterdam, les yeux rivés vers le café. Il avait déjà disparu. Ce n'était pas possible qu'il soit parti en si peu de temps. Le garçon était gros, il suait de partout lui aussi.

– Tu l'as vu, le Luxembourgeois ? il a demandé à la femme derrière le bar.

– Oui, il vient de se faire embarquer, ils l'ont cueilli à la sortie.

Elle avait les traits un peu affaissés, comme si elle avait été longtemps privée de la lumière du jour.

– Il paraît qu'il avait un complice, un petit jeune. (Elle s'est tournée vers moi.) Ce pauvre type…

Il m' a montré la porte de verre du regard.

– T'as compris où il est maintenant ?

– Euh… Merci monsieur.

– Dégage, il a juste rajouté, et il a haussé les épaules.

Je ne suis plus allé dans ce bar pendant quelques semaines. Je suis rentré dans la chambre de bonne du Crobard à Brochant. Il n'était pas là non plus. Une fois ou deux, j'avais essayé de la nettoyer car il en était incapable. Son père menaçait de lui couper les vivres s'il continuait de sécher. Quand je suis arrivé au lycée le lendemain, je n'avais pas la moindre excuse valable. Je ne pouvais tout de même pas leur dire que c'était la faute d'un voleur dans les trains, d'un arnaqueur des gares, ils font les faits divers et les chats écrasés pour le commissariat du quai du bout, le 1, celui côté rue de Rome.

Mon copain était retourné en cours avant moi, cette fois-ci. Il a à peine réagi quand je lui ai raconté.

– Parole ! J'aurais pu aller en taule !

– Ouais. Dis, il t'a donné combien t'as dit ?... Oh, vrai ?

Il a dessiné en passant un type attablé dans un bar, et moi en face, à gros traits. Il imitait souvent les silhouettes de Ribouldingue et Filochard, moi j'avais toujours mes lunettes sur le bout du nez dans ses dessins. Parole, il était doué. Oui mais bon...

En attendant on allait pouvoir se payer des bières sans chipoter, par pack de six. En cours il dessinait tout le temps aussi. Il dessinait la prof d'anglais. Elle était plus sexy que la prof d'histoire, qui ne l'était pas, mais moins que la prof de chimie. Le prof de gym aimait nous montrer ses biceps et ses abdos, il les dessinait aussi.

Ils m'ont collé tout un week-end. Bonjour madame, c'est au sujet de votre fils, son carnet n'est pas signé, ses absences...

Bientôt le Crobard a fini par arrêter complètement le dessin et il s'est mis à lire des livres récupérés chez les soldeurs sans plus du tout aller en cours, des livres sur la *Baghavad-Gita* et le chemin de vie, les Touaregs et les bonzes chinois, les sorcières et les filles de l'air, et sur les bancs publics, au printemps, il a fini par dormir du matin au soir. Il allait devenir clochard. Il en avait déjà dessiné pas mal… On allait se perdre de vue. Je crois qu'il devait attendre que sa mère lui pince en rêve le gras de la main pour se réveiller. Je crois qu'il attendait qu'elle lui dise que non, il n'était pas méchant, que ce n'était pas lui qui lui avait refilé son cancer… ça lui a duré longtemps avant de se sortir de là. Ça lui aura duré une bonne dizaine d'années. Entre-temps, ils avaient fermé les consignes, à cause des risques d'attentat. Aujourd'hui, une crèche, Les Petits Trains, accueille les gosses juste à la sortie de la rue d'Amsterdam. Punaise, sans vouloir nous vanter, le Crobard et moi, on avait trente ans d'avance… Notre histoire de crèche automatique pour les mères célibataires avait cessé de nous intéresser. On était si loin de tout ça. On avait grandi, on avait peut-être plus de mal à imaginer. Lui, il avait arrêté le lycée. Son père avait fini par lui couper les vivres pour de bon. Un ou deux ans plus tard on s'était retrouvés dans un bar de Saint-Lazare pour reprendre contact. Il avait même acheté un paquet de cigarettes exprès pour l'occasion. On a pas mal bavardé. On a mis du temps à se retrouver. Et après le bac tu feras quoi ? Je sais pas. Nanterre U. Passer le temps ; on verra. Et toi ? Voyager. Il avait appris l'italien dans la méthode Assimil. Il aimait bien y aller. Il dormait sur la plage, sous les ponts. Il lisait la poésie de Pier Paolo Pasolini et la *Divine Comédie* de Dante. Et le bac ? Oh le bac. Quand il serait de retour, il ferait peut-être candidat libre, surtout pour le libre, plus que pour candidat. Moi, le bac, j'allais le passer pour de vrai à la fin du mois. Il a voulu revenir vers les consignes, qu'est-ce qu'on avait pu délirer ! On n'allait plus trop se voir après ça. Du coup, même si c'est bien pratique, je n'irai plus jamais dans les consignes de Saint-Lazare puisqu'ils les ont enlevées et on ne peut plus faire les choses comme ça.

Elle venait des Hauts-de-Seine elle aussi. Quand je l'ai rencontrée, elle essayait de se rendre à la fac en « candidat libre ». Ça ne s'était pas si bien passé que ça dans son enfance. Elle était belle. Je la prenais pour une Gitane. Bien sûr elle ressemblait un peu à une Gitane, mais elle n'était pas plus Gitane que moi. En tout cas, elle était vraiment belle dans le hall des pas perdus. C'était curieux de la croiser si souvent. J'y voyais comme un signe. Elle devait jouer un rôle dans ma vie. Du coup, la Gitane dans le hall des départs, il m'arrive encore de la revoir quand je ferme les yeux, que je rêvasse à tout cela. Souvent elle marche dans le hall des pas perdus, en regardant autour d'elle… Elle portait souvent des sandales de plage ou des espadrilles, même quand il pleuvait. Elle passait beaucoup de temps gare Saint-Lazare sans paraître en venir. Elle gagnait sa vie avec la vente à la sauvette, si on peut dire les choses comme ça. Elle abordait les gens dans la rue avec un carton à dessin. Elle ne leur laissait pas le temps de se défiler, de lui faire la morale ou de justifier leur refus. Elle exposait ses lithos sur un rebord de fenêtre, au pied d'un mur, dans le hall des pas perdus, près de la salle d'attente des première classe, avec un œil pour surveiller... Elle se faisait chasser de temps en temps avec sa marchandise dans son grand carton à dessin. Son pas était rapide, elle était très vive à se défiler. Elle portait toujours des jupes à fleurs, jamais de pantalons. Oui, on aurait jamais pu croire qu'elle vivait quelque part à proximité, ou imaginer qu'elle venait de très loin, on l'imaginait seulement de passage dans la gare. Il y a eu tellement de pas perdus dans la salle du même nom. Les lithos qu'elle vendait n'avaient pas beaucoup de valeur, elles étaient même assez laides. Mais au bout d'un certain temps rien ne m'aurait fait plus plaisir que de lui acheter le lot, vider son carton à dessin, et qu'on n'en parle plus. Elle avait des yeux verts.

Plusieurs semaines on s'est croisés. On a fini par boire un verre ensemble. J'avais pris mon courage à deux mains pour le lui proposer. Elle ne m'avait pas répondu tout de suite. Elle avait juste plissé les yeux. Elle avait eu l'air de réfléchir. Après, elle avait hoché la tête. Oui mais où ? Elle n'avait pas voulu aller à l'Oiseau Bleu, rue de Rome, ni dans un rade de la rue d'Amsterdam.

Elle voulait s'éloigner un peu. À la place on était allés plus haut qu'Europe, au coin du boulevard des Batignolles, mais je ne me souviens plus bien de ce bar. En tout cas, c'était là.

– Alors comme ça tu veux m'inviter boire des coups. Tu vas dire que tu m'aimes, c'est ça ?

Elle regardait souvent dans le vague. Au bout d'un moment, parfois, elle souriait. Elle avait coincé le carton à dessin entre sa chaise et le pied de la table, il faisait beau temps, on a bu une bière. Elle avait un sourire un peu à part, du genre à disparaître en une mini-seconde. Je n'avais pas su quoi lui répondre, sur le coup. Après, mais trop tard, je savais. Ce jour-là, quand on a bu un verre ensemble, j'ai compris une chose importante grâce à elle et à la gare Saint-Lazare. Une chose importante pour moi. Elle était entrée dans ma tête pour longtemps. Elle avait grandi à Gennevilliers ; elle vendait des lithographies depuis ses 16 ans… Il ne fallait pas s'attacher, si on voulait gagner assez d'argent. Elle voulait vivre libre, elle avait des yeux clairs, parfois, son regard se voilait en un rien de temps. Elle ne répondait jamais tout de suite aux questions qu'on lui posait. Elle prenait tout son temps pour se rouler une clope. En le faisant elle souriait ou bien elle avait un air triste. Les mois d'hiver, quand il faisait bien froid, elle passait un gros manteau qui ressemblait à de l'astrakan, c'était de la récup des puces de Clignancourt, la zone vers les marchés de Saint-Ouen. Elle n'avait rien à dire sur sa famille, son enfance, là d'où elle venait. Elle gardait tout pour elle. Ce jour-là, on a passé un peu de temps ensemble, elle était souvent pressée parce qu'elle avait un chiffre à faire, quelques centaines de francs chaque jour, elle me disait. Elle devait trouver de l'argent pour l'assos et de quoi payer sa chambre d'une nuit sur l'autre. C'était encombrant, d'avoir toujours le même endroit comme chez-soi.

– Et toi, tu n'as rien à me raconter ?

J'étais un idiot à ses yeux, je n'avais rien à dire de marrant. Elle aimait les baratineurs, leurs exagérations, les phrases ronflantes et les points de vue bien prononcés. Je faisais les yeux ronds, du coup elle m'a mieux expliqué...

– Tu m'invites boire un verre, et tu ne me racontes rien de marrant ?

En fait elle aimait bien les types qui se la racontaient. En même temps elle était du genre à filer sans crier gare pour aller vivre au bord de la mer, elle se disait « libre comme l'air ». Elle nourrissait cette illusion. N'empêche, sa vie avait beaucoup changé depuis qu'elle bossait dans l'assos. Elle avait fait connaissance de types, de jeunes qui n'étaient pas diplômés, elle les avait rencontrés à « l'atelier ». Ils se retrouvaient dans l'assos. L'assos dont elle parlait se trouvait à Nanterre, sur le terrain près de l'université. C'était une assos avec la drogue au bout, en vrai. Moi je me baladais de temps à autre dans la fac de Nanterre. Je passais les partiels à la fin de l'année. Mais en fait, j'étais surtout ici à étudier, à étudier quoi justement ? De mes années d'étude à Nanterre, je me rappelle peu des cours, mais de la Gitane dans la hall des pas perdus, gare Saint-Lazare, je me souviens bien.

Elle baratinait beaucoup pour vendre les lithographies. Les gens aiment bien qu'on leur raconte des histoires et elle aimait en inventer. Quand on s'est mieux connus, je l'ai suivie une fois ou deux. J'aimais l'entendre imaginer sans la moindre hésitation. Elle ne préparait pas à l'avance, elle préférait improviser. Parfois, la vente de ces lithographies lui servirait à rentrer chez elle, dans une ville éloignée. Elle parlait de Rennes, de Nantes, de Marseille ou de Montpellier. Elle était venue en stop. Elle était sans famille. Elle avait tout donné à une vieille femme dans le besoin. Elle voyageait beaucoup en paroles. Mais aujourd'hui je crois plutôt qu'elle n'avait presque jamais mis les pieds en dehors de l'Île-de-France. Tout en parlant, sans quitter sa proie des yeux, elle ouvrait son carton à dessin. La première fois que je me suis rendu compte qu'elle portait des sandales de plage, je crois que ça m'a fait sourire, mais ensuite j'ai fini par penser qu'elle n'avait peut-être pas d'autres chaussures. Parfois, une copine qui se faisait appeler Vanessa la rejoignait ; je les avais déjà aperçues ensemble. Quand le temps le permettait, elles se retrouvaient assises sur les marches de la cour de Rome et elles bavardaient, leur conversation était parfois très animée. Elles devaient parler des gens autour d'elles. De ce qui se passait dans l'assos... Il était très important pour elle, cet endroit-là. Il était bien trop important, je crois. Vanessa avait un peu le même genre, sauf qu'elle portait toujours un survêtement rouge ou noir. Elle était brune et blanche de peau, la Gitane avait la peau mate. Vanessa buvait des canettes qu'elle ouvrait avec un briquet. Elle connaissait l'héroïne, elle ne faisait pas encore peur mais déjà ça se voyait. Après notre rencontre j'ai passé plus de temps à la gare, en espérant la croiser, elle ne savait jamais à l'avance où elle serait, à quelle heure. Elle me disait on se fait signe, t'inquiète ! À la prochaine ! Puis elle disparaissait en un rien de temps. Bientôt, je l'ai toujours eue dans ma tête. Je m'essayais à deviner d'avance si elle serait là ou pas. Une fois, elle a souri quand je lui ai raconté mes intuitions. Elle, elle savait que je serais là... Elle n'avait pas besoin d'intuition... Elle tenait ses pouvoirs de sa tante, la troisième sœur de sa mère. Elle n'est jamais allée plus loin concernant l'histoire de sa famille... Une fois, aux Agnettes à Gennevilliers, je l'ai aperçue avec une femme arabe âgée, tatouée sur le front, elle l'écoutait en souriant, elle tirait son caddie. Elles revenaient sans doute du grand supermarché Carrefour près de la mairie. Elle lui tenait le bras. Je ne lui ai jamais demandé qui elle était, mais, bien sûr, je le savais.

Une autre fois, elle m'a montré un livre qu'elle avait acheté avec du vrai argent des lithographies ; elle ne l'avait pas fauché, elle a tenu à me le préciser. Ce livre, c'était *Sans famille* d'Hector Malot. Elle avait bien aimé le titre. Elle l'avait acheté en Garnier-Flammarion à la librairie Weil passage du Havre, qui vivait ses dernières belles années avant d'être annexée par les marchands de fripes. Ça m'avait fait plaisir ; elle avait du mal à le lire parce que, lorsqu'elle avait des problèmes pour se concentrer, les phrases lui semblaient trop longues, trop compliquées. Un jour, quand elle rencontrerait un vrai homme, elle aurait un fils qu'elle appellerait Rémi. L'histoire avançait lentement, elle n'avait pas l'habitude de lire, mais elle était contente. En plus de son carton à dessin, elle gardait parfois ses affaires dans un filet à provisions, quand elle ne savait pas exactement où elle dormirait le soir. Elle était vraiment dans la dèche, mais elle avait une classe du tonnerre. Juste une fille formidable qui vendait de mauvais dessins pour le compte d'une association.

Je me souviens de choses un peu décousues… Elle se méfiait des policiers de la gare. Avec certains d'entre eux l'amende était salée. Elle s'était déjà fait confisquer sa marchandise. Les policiers ne laissaient jamais passer une occasion de fouille au corps. Parfois, quand elle faisait une pause, elle s'installait dans un recoin près des consignes et elle écoutait de la musique sur un gros walkman jaune citron. Ce n'était jamais des groupes anglais. Elle levait les yeux au ciel quand on lui parlait de David Bowie, de Genesis, de Pink Floyd ou de Led Zeppelin. Ou bien elle restait accroupie le long du mur, au soleil, dans la cour des valises ou de toutes les heures du monde. Je me rappelle aussi qu'elle avait plusieurs prénoms selon ses interlocuteurs, ses amis ou les autres gens, les acheteurs de lithographies. En fait, Paris-X à Nanterre, pour elle c'était juste la station du RER, et le bureau ANPE au sommet des marches de la gare. Elle avait arrêté en troisième au collège. Elle avait quitté le foyer. À l'ANPE de Nanterre, juste à la station du RER A, il fallait aller faire la queue là-bas de temps en temps, pour « renouveler ». L'automne elle vendait des lithos dans le couloir du bâtiment des lettres, à Nanterre, on l'appelait le souk, ce couloir-là. Je l'avais aperçue là-bas dans la faune du bâtiment des sciences humaines de l'université. Je ne la connaissais pas encore ; je la connaissais déjà. Elle était entrée dans un amphi.

Elle avait écouté un long moment. Elle avait adoré. Elle aurait bien voulu étudier, plus tard. Plus tard.

Sur elle j'en ai appris par petits bouts, seulement quand elle voulait. Elle ne répondait jamais aux questions. Elle ne fréquentait plus sa famille. Elle me disait qu'elle était kabyle. Elle ne les avait plus vus depuis qu'elle bossait dans l'assos, sa « nouvelle famille ». Elle en avait besoin, elle y croyait. Sa mère, elle la rencontrait en cachette des autres. Une autre fois, que je lui avais proposé de nouveau de boire un verre, elle avait décliné gentiment. Son regard flou, un peu vide. Sa transpiration.

– Tu es gentil.

Elle avait regardé les gens passer dans le hall des pas perdus. Sa voix était sourde et cassée, ce jour-là.

– Lâche-moi la grappe… Trouve-toi une autre fille, tu ne sais rien de moi.

Et elle avait fait demi-tour avec son carton à dessin. Elle m'avait planté là au milieu du hall des pas perdus. Son pas rapide pour disparaître. Si je savais dessiner, je pourrais la montrer avec ses sandales de plage, sa jupe à fleurs rouges et blanches, son blouson, qui marche en écoutant du raï sur son walkman jaune citron, vers la rue d'Amsterdam, et à ce moment-là, autant je sais qu'il s'agit de l'ordre des choses et que je ne pourrai rien y changer, autant je sais aussi que je voudrais de toutes mes forces la retenir. Je voudrais m'en faire aimer, je sais que c'est impossible. J'invente dans ma tête un monde parallèle où je suis un de ces types de l'assos, pas un étudiant qui sèche les cours, un étudiant de première ou deuxième année. Tu es fou, tu ne connais vraiment rien de la vie… C'était vraiment une fille pas ordinaire de la gare Saint-Lazare.

On était un printemps à Asnières-Gennevilliers, et j'étais seul à la maison. Je suppose que ma mère était au travail car sinon, elle aurait répondu à la sonnette de l'entrée. À Asnières on regardait d'abord par l'œilleton avant d'ouvrir aux visiteurs… Aujourd'hui il est remplacé par des caméras, des interphones et des portes blindées. Je me rappelle encore bien cette journée. C'était une belle journée. Ce qui était bizarre, c'était la douceur du beau temps ce jour-là. Les peupliers qui frissonnaient à peine. On aurait presque eu envie de mettre ses lunettes de soleil, de dégrafer un bouton de plus. Les gens hésitaient à boire le café en terrasse. On avait dû passer un rude hiver si ça se trouve. Qui se souvient de tous les anciens hivers de sa vie ? On oublie moins les belles journées. Et puis on n'avait pas beaucoup de monde qui débarquait à la maison, à part la famille, et parfois des amis de ma mère.

La Gitane était là, dans la cage d'escalier du troisième étage. Elle avait posé devant elle son carton à dessin avant de sonner. Mon cœur a juste bondi dans ma poitrine. J'ai ouvert. Elle a plissé les yeux un court instant.

– Ça alors, t'habites là ?

– Oui. Tu rentres ?

Elle pouvait bien rentrer, oui, elle avait le temps. Elle m'a fait son laïus. Les lithos qu'elle a commencé à sortir n'étaient ni plus ni moins moches que d'habitude. Ce n'était pas printemps-été ou bien automne-hiver, pour des machins comme ça. C'était toujours les mêmes croûtes que l'assos achetait en Italie, où elles étaient imprimées moins cher. Oui, ce jour-là, il a fait tellement beau dans la voie privée des ILM. La porte-fenêtre du salon était entrouverte, le rideau était tiré. Je lui ai proposé de s'asseoir, si elle voulait quelque chose à boire ?

– Tu peux me servir un verre d'eau ?

Elle préférait s'asseoir par terre, à côté du carton à dessin. Elle a bu d'une traite et elle m'a tendu le verre, il y avait une grosse trace rouge sur le bord.

– Tu en veux encore ?

Elle m'a souri un peu, en regardant autour d'elle. Ici elle était curieuse.

– Tu n'es pas à la fac ?

J'ai hoché la tête que non. Aujourd'hui elle était un peu fatiguée, parfois elle devait beaucoup trimer pour ne pas rentrer bredouille à l'assos, elle avait peur du manque. J'avais compris qu'en fait elle avait un peu peur de ces types de l'assos. Ils étaient très exigeants, et puis ça devenait plus difficile qu'avant à la gare Saint-Lazare. Les contrôles d'identité étaient fréquents, elle portait les mêmes sandales tous les jours. J'ai encore claqué mon argent pour lui acheter une horreur. Ça tombait bien qu'elle soit passée ce jour-là parce qu'après il ne me resterait plus rien.

– Laquelle tu veux ?

J'ai pris un poulbot de Paris, je pourrais toujours le refiler à ma sœur pour décorer son studio à Gennevilliers. Il est resté pas mal de temps sur le mur. Puis elle a jeté le poulbot dans la poubelle du bâtiment. Elle y vivait avec son copain. C'était un Polonais filiforme qui avait trouvé à s'embaucher dans la police nationale, en habits civils d'enquêteur. Quand j'ai tendu la main vers elle, elle m'a souri que non. On était allongés près du carton à dessin. Elle m'a dit arrête, dis, s'il te plaît.

– Je sais même pas ton vrai nom, je lui ai dit.

Elle a regardé autour d'elle sans me répondre. On devait s'être revus ici encore pour une raison, j'ai pensé. Et je crois que peut-être elle aussi.

– Qu'est-ce que tu fais ? Tu restes ici ? Tu veux aller à Paris avec moi ?

On a marché comme dans un monde nouveau. Pourtant c'était seulement Asnières sous le soleil, après la pluie. C'était il y a bien longtemps. On a attrapé le train du quai B. Elle avait pris du retard. Elle avait fait quelques ventes, mais pas assez. Sa copine Vanessa l'attendait à Saint-Lazare. Elle a fait de grands gestes quand elle a aperçu la Gitane. Elle avait l'air en manque.

– Tu m'attends ? Je reviens.

Elles se sont fait la bise au monument aux morts. Elles ont regardé de mon côté, comme si je les dérangeais, genre qu'est-ce qu'on va faire de lui ? Elles se sont assises sur le haut des marches de la cour de Rome. Je me souviens de deux-trois choses les concernant. Elles avaient habité ensemble dans un squat à Gennevilliers, cet arrangement avait pris fin lorsqu'un type de l'assos était revenu, après un passage par la case prison. Il avait repris possession des lieux. Il devait se « réinsérer »... Du coup en attendant elles partageaient une chambre à l'hôtel quand elles avaient les fonds. Maintenant, grâce à l'assos, elles allaient récupérer des clés, elles étaient parées pour six mois à la louche, six mois au bas mot. Du coup elles étaient contentes.

J'ai fini par m'asseoir sur les marches avec elles. Des centaines de personnes passaient autour de nous dans le beau temps. La Gitane tenait sa cigarette des deux mains, ses coudes posés sur les genoux, avec ses sandales de plage, une jupe jaune à grosses fleurs bleues, un vieux blouson en jean. On aurait dit un avis de recherche, sa manière de s'habiller. Pourtant je l'ai perdue à la gare Saint-Lazare, pas ce jour-là, mais pas longtemps après... Son vrai nom, c'était Madjida el Mansour. Je l'ai appris quelque part entre le hall des pas perdus et celui des départs. Il était aussi sur la boîte à lettres du studio en bas de la rue d'Amsterdam, là où elles allaient habiter par l'intermédiaire de l'assos. Quand je suis parti au bout d'un moment, elle m'a juste souri comme si elle venait de me rencontrer, qu'on avait pas passé deux heures ensemble, au printemps. Elle est dans mon cœur pour toujours, j'ai bien senti ça quand elle partait. Mais « toujours » a fini par disparaître aussi. Et en racontant cette histoire, ça reste encore un peu vrai. Elles étaient en rupture de ban. Quand elles étaient ensemble, elles ne parlaient que de l'assos, les types qu'elles fréquentaient, les discussions et les problèmes, comment cette assos les tenait debout, ensemble, dans la vie.

L'entrée était ouverte sur le trottoir de la rue d'Amsterdam. L'immeuble était juste en face de la grande poste de Saint-Lazare. La porte avait été peinte en mauve. Au rez-de-chaussée les boîtes à lettres n'avaient pas été changées, elles n'étaient pas encore toutes pareilles. Madjida portait plusieurs prénoms selon les circonstances. Quand ça lui chantait, elle en avait un pour la vente à Saint-Lazare ou un autre pour d'autres occasions. Elle aimait bien Leila, car c'était passe-partout, Marianne aussi, à cause de la République française. La première fois qu'elle m'avait dit ça, je n'avais pas compris, alors elle m'avait suivi des yeux jusqu'à ce que ça s'éclaire.

– Dis, t'es un rapide dans ton genre…

– Euh… non…

Une fois, de guerre lasse, elle m'avait proposé de monter dans la chambre. Il y aurait moins de bruit, moins de foule. Elle en avait marre de la foule. Elle avait besoin de se reposer. Sa copine ou sa cousine Vanessa, ça dépendait des jours, serait peut-être là, ou pas ; elles entreposaient leur matériel, comme ça elles n'avaient pas à tout trimballer à Nanterre, dans les locaux de l'assos… On entendait le bruit des voitures de la rue jusqu'en haut. On était presque en été.

– Rentre, elle m'a dit.

La porte, elle l'a laissée entrouverte. Elle devait faire ça pour changer d'air, elle ouvrait le petit Velux mais pas la fenêtre, à cause du bruit de la rue d'Amsterdam. Ce bruit, c'est un bruit qui ne change pas avec les années. Le son de la grande ville s'engouffre partout, par tous les temps. Il reste partout le même. Je croyais pas que tu viendrais…

Je me souviens que cette fois-là elle avait passé un gros pull sur sa jupe à fleurs, elle portait des chaussures de marche, maintenant ; elle allait bientôt démarrer.

– Je suis pressée aujourd'hui, et toi, ça va bien ?

Elle devait avoir peur que je m'incruste. Avec sa copine elles en avaient marre de se fader tous les paumés de Saint-Lazare. Une fois, elles avaient même dû appeler un cousin de Gennevilliers pour virer un type. Sa copine mentait beaucoup elle aussi, même quand elle racontait de vraies histoires.

– Assieds-toi, je ne suis quand même pas à cinq minutes...

Elle a mis de l'eau à bouillir, on a bu un verre de thé. Elles avaient installé un petit réchaud Butagaz sur un plateau. Tu veux de la musique ?

On n'a pas trop bavardé. Elle avait juste quelques années de plus que moi. Une seule ride barrait son front, mais c'était une ride qui lui venait sans doute de l'enfance. Elle sentait le savon de Marseille, les fleurs des champs. Parfois, elle frottait un genre de camphre à ses poignets. Ses yeux verts. Après le thé, elle a commencé à se rouler un joint pour se donner du courage. Elle essayait vraiment d'arrêter l'héro, mais c'était tellement difficile. Il n'y avait pas assez de places dans les centres de désintoxication. Elle avait fait un test, Vanessa y était allée avec elle. Elle attendait les résultats de son test HIV. Elle avait un gros problème avec la poudre. Elle en avait marre de la vente à la sauvette. Elle m'a donné le joint, pour le terminer. Je me suis concentré pour bien réussir, ne pas avoir l'air du type qui ne sait même pas bien rouler un joint. J'avais toujours eu des copains plus doués que moi pour ça, et d'ailleurs pas que pour ça. Toute ma vie je serais peut-être bon à rien, juste un peu spécialisé dans la gare Saint-Lazare (pour la banlieue), ou au bout de la ligne de train, de n'importe quelle ligne de train. Elle s'est coiffée devant un petit miroir juste à l'entrée. C'était un miroir qui n'était pas ébréché, mais qui ressemblait à tant d'autres miroirs ébréchés, il tenait avec un clou. C'est dur à expliquer, l'effet que ça me faisait de la voir dans cette chambre sous les toits. L'effet de savoir qu'on n'a 20 ans qu'une seule fois. L'effet de l'eau dans les gouttières, du soleil sur les toits.

À un moment il y a eu des pas dans l'escalier, un type montait lourdement les dernières marches. Il a fait une pause avant de continuer dans le couloir, dans la direction opposée. Elle m'avait fait signe de ne pas faire de bruit. Elle était aux aguets. Elle est allée passer la tête dans le couloir, juste assez pour voir qui c'était, ou s'il était vraiment parti. Elle avait peur en fait. Je ne savais pas de qui elle avait peur, dans la chambre sous les toits du bas de la rue d'Amsterdam, juste à côté de l'ancienne pizzeria del Arte. Elle a arrêté la cassette quand elle a fini son maquillage. Elle s'est tournée vers moi en souriant; tu me trouves comment, ça va ? Euh, t'es jolie. Elle a haussé les épaules.

– Enfin des mots gentils; tu es pas venu pour me draguer ou quoi ?

Elle s'amusait. Elle a mis des bas devant moi, des bas résille très larges comme les mailles d'un filet. La Gitane avait un secret. Je savais qu'elle en avait un, mais, quelque part, je voulais juste rester près d'elle et, quand j'en serais certain, il faudrait peut-être que je largue les amarres et que je me mette aussi à la vente des lithographies. Il fallait qu'on descende; j'ai pris ses livres à rendre à la fac de Nanterre où elle n'avait plus guère le temps d'aller, à cause de l'assos. C'étaient des livres de Piaget, je me souviens, des livres sur l'éducation des enfants.

– Tu les rends bien, tu n'oublies pas ? S'ils te demandent du fric à cause du retard, tu me le diras. (Elle a hoché la tête.) J'y vais. Tu peux m'accompagner si tu veux. Ils m'ont filé une adresse, tu sais où c'est ?

Elle avait eu une vie banlieusarde et pas tellement portée sur le tourisme, même pas loin de chez elle. Elle ne connaissait pas bien Paris. À l'exception de Saint-Lazare elle fréquentait surtout les squats de la porte de Clignancourt et de Saint-Ouen. On a marché vers les boulevards. On n'a presque pas parlé. Elle m'a laissé prendre sa main. Elle ne voulait pas que je porte son carton à dessin. À un moment, on était devant le Grand Rex et elle m'a dit qu'elle était déjà venue danser ici, mais elle n'avait jamais vu de film dans ces salles. Moi j'étais allé gamin au cinéma ici pour la première fois de ma vie. C'était pour *Le Livre de la jungle*. *Le Livre de la jungle* ? C'est vrai ? Elle a ri quand je lui ai dit ça. Elle était allée danser quelques fois au Rex avec des amis de son cousin rencontrés dans l'assos. À un moment, elle a pris une petite rue d'un coup, elle s'est cachée dans une porte cochère. Qu'est-ce qu'il y a ? Elle a fait un geste agacé. Tais-toi ! Elle avait l'air de scanner tous les types du boulevard, comme si à tout moment il faudrait peut-être qu'elle s'éclipse. Je n'ai pas compris sur le coup à quel point elle avait peur, ni de quoi. Chaque semaine elle devait gagner pas mal d'argent, ce n'était pas inatteignable, mais quand même, l'assos ne plaisantait pas avec ça. On a recommencé à avancer sur le boulevard ; elle avait lâché ma main. Madjida, ça va pas ? Non, t'inquiète. Elle ne voyait plus sa famille. Elle venait de la barre du Luth à Gennevilliers, elle prenait le bus et la 13 pour venir à Saint-Lazare. On a acheté des pains au chocolat dans une boulangerie, près de Strasbourg-Saint-Denis. Ensuite on a dû faire demi-tour. Dans mon souvenir, cette balade a beaucoup compté, comme si elle avait duré très longtemps. Mais en fait, non.

Je l'avais aperçue plusieurs fois donner des pièces de monnaie aux vieilles personnes qui mendiaient du côté de Saint-Lazare. Une fois, on a acheté un ticket de loterie à l'aveugle dont elle aussi se demandait s'il y voyait quand même un peu. On aurait préféré savoir qu'il était aveugle pour de faux, comme dans un film. Sauf que lui c'était un vrai, le dernier vendeur de tickets de loterie à la gare Saint-Lazare, ensuite ce serait fini. Aujourd'hui les vendeurs de tickets officient dans des boutiques qui se ressemblent toutes, avec des ordinateurs et des écrans de télévision. Elle avait seulement des choses à faire le soir. Elle avait rendez-vous avec son cousin à l'assos. Je n'aimais pas l'entendre parler des cousins de l'assos. Je n'ai pas trop voulu savoir, je n'ai pas voulu demander. Elle avait ce truc à faire ce soir-là.

– Tu peux m'embrasser, si tu veux, elle m'a dit.

Alors oui. On se retrouverait bien plus tard, ou pas… On a bu une bière place de la Trinité dans le grand café en face de l'église. J'y ai passé beaucoup de temps. Son sourire m'a duré tous les jours suivants, elle n'avait pas travaillé ce jour-là, elle n'avait pas vendu de lithographies ; elle allait me quitter pour son rendez-vous, un autre type... ça ne te regarde pas. Je me souviens comme elle s'est faufilée pour disparaître. Souvent les filles qui m'attiraient avaient le chic pour disparaître de mon champ de vision en un rien de temps. Le lendemain, j'ai rendu les vieux bouquins de Piaget à Nanterre-Université. J'ai vu sa carte de la bibli. Madjida el Mansour. Elle était auditrice libre. Elle passerait son bac quand elle pourrait. Pendant plusieurs semaines, quand je suis revenu à la gare, j'ai rôdé dans la rue d'Amsterdam. Je m'attendais à la rencontrer à n'importe quel moment. Oui, en fait, j'ai dû guetter pendant des heures à la gare Saint-Lazare. Je ne l'ai pas recroisée. Sa cousine non plus, ou sa copine, pas moyen de savoir vraiment.

Finalement j'ai décidé de repasser dans le studio de la rue d'Amsterdam, il faisait nuit, mais ce n'était pas tard. Dans le train pour Paris les gens ne parlaient pas et il y avait de la buée sur les vitres, un genre de silence un peu grave. Le code à la porte ne marchait pas ; j'ai monté l'escalier. La sonnette ne marchait pas non plus. J'ai frappé, il y avait des rumeurs de la ville, celle des voitures au feu en bas, celle du ciel aussi, le vent. La porte n'était même pas fermée à clé. Avant on ne fermait pas toujours la porte des chambres de bonne dans les sixièmes étages. Puis, il y a eu des plaintes du voisinage, le bruit, les shooteuses dans les cages d'escaliers. Ici il n'y avait rien que le matelas, le tabouret, des bougies usées jusqu'au bout, comme quand j'étais venu quelques mois auparavant. À un moment, un Africain est arrivé et a poussé la porte de la chambre.

– Qu'est-ce que tu veux ? Qui es-tu ?

Il portait un costume clair et une grande écharpe nouée plusieurs fois autour du cou.

– Je viens voir Madjida. Tu connais Madjida ?

Il a eu un rire un peu inquiétant... Madjida... il n'y a pas de Madjida ici, il n'y a personne dans cette turne. Je me rappelle le mot « turne », il y a presque quarante ans, sous les toits, dans un immeuble en bas de la rue d'Amsterdam, l'immeuble juste au dessus de la pizzeria del Arte.

– Mais c'est la fille qui vit ici, avec sa cousine ?...

Il n'a rien répondu. Il m'a dit de bien tirer la porte en partant. Il ne voulait pas d'étranger dans l'immeuble, marre des petits babtous drogués, déjà que c'était presque ouvert aux quatre vents... Il n'y avait plus leurs prénoms sur la boîte à lettres. J'ai quand même mis un mot dans la boîte. Je lui ai redonné mon numéro de téléphone, mon adresse à Asnières-Gennevilliers. Je l'avais vraiment perdue sans l'avoir jamais eue pour moi.. Plus tard au printemps je suis allé au

Luth de Gennevilliers, ils avaient commencé la rénovation des barres, elle a duré plusieurs années. Les échafaudages. Le vent dans les coursives, entre les barres dépenaillées. L'herbe et les mottes de terre. Les merdes de chiens partout sur les trottoirs. Des camionnettes de la police, des voitures banalisées, une antenne mobile des Médecins du monde pour le dépistage du sida, qui a tué tellement de jeunes gens dans les barres. J'ai pris sur moi de demander de ses nouvelles, je l'ai cherchée aussi à Nanterre-U chez les vendeurs du bâtiment de lettres. Mais nulle part Madjida. J'ai fait demi-tour. J'ai fait si souvent demi-tour. Je ne la reverrai plus, probablement. Je me suis dit ça en retournant vers Gabriel-Péri pour prendre la ligne 13. Il y avait des flaques boueuses et ça puait encore les terres des anciens maraîchers. Ça puait grave parfois, là-bas. Parfois, pourtant, on avait l'impression qu'entre les tours c'était le vent du large qui soufflait. En somme elle avait bien raison d'être partie…

Ils ont fini par installer un digicode dans l'immeuble de la rue d'Amsterdam. J'y passais encore de temps en temps, la porte était toujours mal refermée. La dernière fois, il y avait deux Africains dans les parages. Ils se sont arrêtés de parler quand je suis arrivé dans le couloir. Je viens voir Madjida. Ils n'ont rien répondu. J'ai pensé à celui que j'avais déjà croisé, le type avec la grande écharpe et le rire inquiétant. Je ne suis pas retourné là-bas pendant quelques semaines et puis, ensuite, on ne pouvait plus entrer. Plus tard dans l'année, j'ai aperçu Vanessa assise sur les marches de la gare côté cour de Rome. Quand je suis arrivé près d'elle, elle a mis sa main sur ses yeux, à cause du soleil. Même comme ça elle avait bien du mal à me reconnaître. Salut, tu te souviens ? Oui.

– Salut ça va ? Tu as des nouvelles de Madjida ?

Elle s'est levée tout de suite ; elle a regardé du côté de la rue Intérieure. Debout sur la marche, elle était plus grande que moi.

– Tu parles de Marianne ? Ça fait des mois qu'on s'est pas vues, elle vit sa vie, tu sais... Tu n'aurais pas un peu de monnaie ? J'ai rien, j'ai pas mangé depuis hier.

– Si, attends.

Elle s'est rassise en murmurant merci. Elle a allumé une cigarette. Elle était défoncée, je crois. Non, elle ne fréquentait plus cette assos.

– Désolée, je peux vraiment rien faire pour toi.

On n'est pas allés boire un verre. Elle voyait comme à travers moi. Elle était bien défoncée, ce jour-là. Elle m'a regardé m'éloigner comme si j'étais très loin déjà, et sans doute Madjida aussi, et bon débarras.

Peut-être une année plus tard, j'ai aperçu une fille qui lui ressemblait beaucoup et marchait vers le monument aux morts avec un bébé dans un sac kangourou. Elle portait les mêmes sandales qu'elle. Je me suis rapproché en courant, comme si, sans que je sache trop pourquoi, j'avais tellement besoin de revoir Madjida. Ce n'était pas elle pourtant. À vrai dire, elle n'était même pas très ressemblante. Excusez-moi… J'aurai passé beaucoup de temps à ne pas l'oublier. Pour moi, aujourd'hui, elle fait vraiment partie de ma gare Saint-Lazare. Je la vois avancer vers les gens avec son carton à dessin, son sourire est intense, mais au moment de présenter les dernières lithographies aux voyageurs alpagués, un appel aux derniers voyageurs en partance se fait entendre, et ni elle ni moi ne savons ce qui se passe, car nous ne nous rendons sans doute pas au même endroit. Nous ne fréquenterons jamais les mêmes personnes, nos vies seront très différentes. En somme, on se sera seulement croisés dans le hall de la gare Saint-Lazare, et on aura très peu de chances de jamais s'y retrouver.

Je ne courrai plus jamais pour attraper le dernier train, quand ça sonne déjà depuis quelques secondes et que la lumière rouge clignote au bout du quai. De toutes ces choses qui changent dans nos vies, les derniers trains à la gare Saint-Lazare feront partie de celles qui ont changé le moins... ça se passe toujours pareil. Certains retardataires tentent de retenir la fermeture des portières, de s'y accrocher comme si leur vie en dépendait. On se surprend à encourager ceux qui arrivent en dernier, foncent vers le premier wagon, même s'il leur faut déjà passer les tourniquets. Nous sommes de plus en plus surveillés, dénombrés. J'ai toujours bien aimé apercevoir les conducteurs des rames de ces trains de banlieue. Ils se déplacent avec leur petite valise, une sorte de vieux sac d'école. Tiennent-ils un journal de bord ? Que doivent-ils y consigner ? Puis, à la fin de leur service, eux aussi retournent dans leur banlieue. Demain, ils reprendront le train pour se rendre à Paris.

Le dernier train n'est pas un train qu'on peut s'amuser à louper. Sinon il faut rentrer chez soi à pied ou alors faire du stop, aujourd'hui prendre un Uber. Mais au milieu de la nuit, faire du stop vers la banlieue est difficile, bien sûr, on ne peut pas se payer le taxi. Notre Carte bleue a grillé, alors on marchera. Je ne marcherai sans doute plus de la gare Saint-Lazare jusqu'à Asnières-Gennevilliers ou Bécon-les-Bruyères, où je m'inquiète déjà du bruit que je ne devrai pas faire pour ne pas réveiller mes parents. Je dis mes parents, mais ce n'est pas vrai. Je n'ai jamais pu dire « mes parents » du temps que j'en avais, vu comme ça se passait dans ma vie. N'empêche, j'aime bien dire « mes parents » pour voir comment ça fait, mais je ne le dirai sans doute plus jamais. Nous sommes nombreux dans le dernier train. Il est presque toujours omnibus.

Il y a les gens qui sont seuls et ceux qui continuent de parler de la fête, ils n'ont pas prolongé jusqu'au premier train du jour suivant, juste après 5 heures du matin... Dans ce dernier train nos têtes sont blafardes, mais personne n'a la mine penaude des travailleurs matin et soir, soir et matin, qui n'ont même pas le cœur à sentir l'air frais sur le quai du départ et fument une cigarette en attendant leur esclavage toute la journée. Parfois, le soir, on va plus loin que la verrière en attendant de prendre le train du retour, qui est souvent le préféré. Dans celui-ci les fêtards côtoient aussi des gens qui rentrent tard de leur boulot. Ce ne sont pas des boulots de beaucoup de surface, généralement.

Le dernier train du soir est assez silencieux, ou alors des gens rient. Personne ne trouve à y redire si vous allongez vos jambes en face de vous, si vous passez déjà votre pyjama pour vous coucher dès l'arrivée. La fille met la tête sur l'épaule du garçon, lui a tendance à fermer les yeux la nuque bien droite, comme un genre de corbeau bizarre ou une grosse buse noire. On passe sur un pont de la Seine. La Seine n'est pas encore assez tranquille pour dormir à son tour. La Seine, elle ne dort pas suffisamment depuis pas mal d'années, en fait. À cause des trains ; à cause des voies sur berge. À cause des péniches. De toutes ces lumières reflétées. Parfois, on se demandait pourquoi on n'osait pas faire comme celui qui, doté d'une théorie complète sur la reprise individuelle, n'hésitait pas à se servir d'une mobylette ou d'un scooter trouvés comme par hasard. Il fallait savoir les faire démarrer, couper les chaînes, ne pas se faire serrer par la police.

Après le dernier train, dans la gare Saint-Lazare, ils ferment les lieux. Soit on est déjà parti, soit on descend vite les escaliers sous le regard indifférent des officiers de sécurité, des deux maîtres-chiens qui ont de quoi tenir jusqu'au bout de leur nuit. Les auxiliaires de sécurité donnent vraiment un air de fin du monde au hall des pas perdus, à celui des départs ; des types essayent souvent de passer la nuit ici. Ils se sont cachés dans un Photomaton ou derrière une rangée de sièges. Ils se sont fait déloger au dernier moment. Puis, les chiens se couchent près de leur maître, regardent le temps passer sous la verrière, plus aucun train n'est éclairé. Le jour se lève du côté de la station de Pont-Cardinet. Le jour vient de nulle part ; les types ont déjà bu un café, il est temps pour eux de retourner dans leur banlieue.

On a couru sur le quai. On a essayé de remonter une autre voiture avant de monter d'un coup de hanche, mais ce wagon-là est presque aussi rempli que les deux d'avant. Manuella, qui a une voilette et des talons de dix centimètres, parce que c'était son genre cette année-là, a dû enlever ses souliers pour courir plus vite, elle est arrivée la première dans le wagon. Nous sommes tous un peu essoufflés. Le temps que le train finisse de sonner, ça dure une petite éternité, le temps pour encore quelques-uns de ne pas se retrouver chocolat, ou faits comme des rats, bons pour rentrer à pied. Il ne nous reste plus qu'à nous vautrer à trois sur deux places, Manuella se plaint qu'à cause de nos conneries elle a filé son collant en courant, et qu'elle en a marre de nous... Comme on rigole, elle est fâchée. Elle pourrait sortir avec la bande de Maxime et de Charlotte-Désirée, ils lui paieraient un taxi ou même Maxime emprunterait la bagnole de sa mère pour la raccompagner à Colombes. Oui, à Colombes ! C'est pas tout près ! Mais finalement, comme nous haussons les épaules en imitant Maxime et Charlotte-Désirée, Manuella se marre sans prêter plus attention que ça aux regards affolés des derniers mâles du dernier train de la gare Saint-Lazare. Il est presque 2 heures du matin. Faites de beaux rêves, aujourd'hui c'est gratuit ! Mais sans doute pas demain !

Parfois, dans le dernier train, le sommeil est plus lourd que dans celui du matin, avec tous ces banlieusards qui ont pris l'habitude de prolonger leur nuit entre Argenteuil et le quai 8, le quai B à Asnières et le 16 ou le 5 à la gare Saint-Lazare. Mais là, tandis que nous rentrons par le dernier, le sommeil est différent, c'est juste un avant-goût de la nuit qui vient, ou bien les gens s'amusent encore de ce à quoi ils étaient occupés, ou si on dort déjà on rouvre un peu les yeux au moment de franchir la Seine, car on ne peut pas s'en empêcher. Puis, de la gare, les pas sont rapides, il faut seulement changer de trottoir si on est un garçon et qu'une fille devant sous les lampadaires semble avoir un peu peur de nous. Tourner la clé. Bien sûr les parents vous entendent et à chaque fois, comme pour le train, on a failli être en retard et on a été entendus, pas moyen de tourner la clé sans un bruit.

Aujourd'hui je rêve que je cours à nouveau pour attraper le dernier train de la gare Saint-Lazare, je voudrais courir sur le quai à m'en faire exploser les poumons ; voir tout autour de moi comme elle est blafarde, cette lumière des derniers trains gris qui roulaient. Et puis, encore une fois juste nos reflets dans la vitre, quand on est tournés vers la Seine, du côté de la Défense ; se dire qu'on aura bientôt fini de prendre ce train-là, car on aura trouvé un logement à Paris, ou ailleurs, parce que Manuella sera partie vivre en Espagne, et c'en sera terminé pour toujours, l'heure de la sonnerie sur le quai, qui parfois se met en marche quand il fait tout à fait nuit dans nos vies, et que nous n'avons plus nulle part de nouveau où aller. Alors, le dernier train si ça se trouve, on se dit qu'on l'a peut-être déjà pris sans se douter.

Et bien sûr : je ne prendrai pas non plus ceux du matin, ceux qu'on prend pour aller travailler. Je n'aime pas beaucoup ces trains-là. Chacun a son endroit dans un wagon. Bien sûr je date d'avant les téléphones portables, du temps que, sur les quais, les gens se saluaient, pas plus que ça mais juste un peu. Dans ces trains du matin les mines sont déjà travailleuses. J'aime bien voir cette femme qui sans le moindre souci a sorti son miroir de poche et continue de se maquiller. Elle est seule avec son image. En même temps, nous sommes des dizaines de milliers. J'aime bien voir le type qui a l'air de méditer, surtout quand on traverse la Seine, et il n'a pas encore sorti son téléphone pour faire un jeu idiot dessus, ou regarder une vidéo qui lui fait pendre la langue et lui donne l'air d'une tête de nœud. Je ne prendrai plus jamais ce train du matin, qui est plus silencieux qu'aux autres moments du jour, quand il s'agit de se rendre au bureau. Je n'apercevrai plus non plus d'étudiants qui ont l'air très occupés, et révisent des équations qui ne nous font pas dérailler, mais me donnent tout de même envie de détourner la tête et de fermer les yeux. Parfois, il arrive que le train s'arrête sans raison. Dans ce cas-là nous nous regardons les uns les autres. Le machiniste ne fait pas une annonce tout de suite. Après tout, lui aussi ignore sans doute ce qui se passe, ce qu'on attend, combien de temps on attendra. Il y a des gens sur la voie. Il y a une panne d'aiguillage. Un caténaire est tombé en rade. Un arbre s'est cassé en deux. Je ne maudirai plus jamais ce voyageur sur les voies. Je ne regarderai plus avec méfiance un bagage oublié, va savoir s'il n'a pas été mis là exprès, s'il ne s'agit pas d'un colis piégé. Je n'ai jamais tiré le signal d'alarme.

Certaines personnes ne peuvent s'empêcher de se mettre à courir sur le quai avant même l'arrêt du train. Mais moi, plus jamais. Je garde la ferme résolution de ralentir parmi la foule des gens, même si au bout j'aperçois les contrôleurs et que je n'ai pas de ticket. Plus jamais je n'aurai pas de ticket. Et sans trop ralentir je ne ferai plus jamais partie de ces excités de service qui ont l'air de démarrer un marathon à chaque sortie du train de la gare Saint-Lazare pour aller travailler chez leur patron, devant leurs ordis moches comme tout, leurs tableaux Excel à la con et leurs vieux plats du jour, leurs congés mal payés rabougris. Misérables travailleurs, qu'ils ne viennent plus me chercher pour jouer avec eux ! Je penserai de moins en moins de mal de tous ces gens. De moins en moins de bien aussi. De moins en moins tout court. Je n'attendrai plus que tout le monde soit engouffré dans le métro, pour voir un court laps de temps le train vide pas encore envahi par les travailleurs qui font le trajet en sens inverse. Je me surprendrai encore à rêver d'autres directions pour aujourd'hui ou pour demain. Ou pour dans pas trop longtemps de préférence. Car, après, je ne sais pas où je serai. Nulle part ailleurs, probablement; plus aucune vie nouvelle ne m'attendra au bout du quai.

Au moment de passer la Seine, on n'a jamais assez de temps pour s'attarder, une vie entière ne suffit pas à en avoir le cœur net de tout ce qu'il nous reste à vivre et à imaginer. Alors la nuit, parfois, il arrive qu'on rêve à l'encre des seiches qui sont accrochées aux péniches et racontent les histoires de ces femmes merveilleuses qui se sont jetées dans la Seine et chantent... Elles n'ont jamais été retrouvées, mais elles nous parlent encore, et parfois, le long des quais, des types désespérés fument une énième cigarette en se disant que ce coup-ci, ça y est, ils vont le faire, mais à ce moment-là, s'ils ont encore un peu de chance, ils croisent le regard d'une des fées, celles qu'on n'oublie jamais tout à fait lorsqu'on a souvent pris le train pour Saint-Lazare, car c'est par là qu'elles vivent elles aussi. Le soleil passe trop vite, au bout du côté de la Défense, ou son reflet en songe vers Saint-Denis, et si ça se trouve, un type marche dans le lit de la Seine en poussant son caddie, suivi par des poissons multicolores que les gens ont jetés avant de partir en vacances, sortis d'un aquarium sophistiqué dont ils n'ont pas vraiment usage pour des petits poissons comme ça. Puis, dans la cohue du hall de Saint-Lazare, il reste toujours une petite place pour les gens un peu moins pressés, dont je fais sans doute partie, car, pour ce qui est de jouer des coudes, je ne m'y suis jamais frotté. N'empêche que je voudrais bien le reprendre, si jamais ils sont encore là, avec eux tous, avant que ce ne soit vraiment fini, que tous les trains soient arrêtés. D'autres continueront sans nous.

Sans toi. Je ne te reverrai plus jamais à la gare Saint-Lazare. La page a mis le temps, elle a fini par tourner. Non, ce n'est pas de la magie. Train du matin et train du soir, trains de banlieue. Là où tu allais, ce n'était pas loin. Ce n'était jamais loin. Tu mettais des gants pour tenir la barre si tu restais debout. En cas de place assise il t'arrivait de passer d'abord un kleenex sur le siège, tu sortais un livre. Le livre, tu l'avais recouvert de papier blanc. Tu lisais beaucoup des nouveautés. Marie Cardinal, Françoise Mallet-Joris, Françoise Sagan. *Des mots pour le dire. Gros-Câlin. Prends garde à la douceur des choses. La Place. Un avenir français. Anne-Marie. La Dentelière. Il est plus tard que tu ne penses. Le Deuxième Sexe. Un moment d'égarement*... Tu lisais aussi les magazines que vous receviez au bureau. Tu avais un air plus méfiant en tournant les pages de magazine, le genre « pour vendre du papier ». Tu lisais les potins, la vie des gens importants, tu regardais leurs photos. Tu relevais parfois les yeux juste à hauteur de la Seine, quand le train passait sur le pont. Dans les souvenirs que je garde, il fait relativement beau, ce genre de beau temps va bien avec les Hauts-de-Seine. Ton livre, tu avais aussi l'habitude de l'insérer dans un cache-livre, je mettrai le vrai nom quand je le trouverai. Tu étais incognito, tu y tenais. Pourtant vous étiez si nombreux à prendre le train de banlieue pour la gare Saint-Lazare. Ensuite, je ne sais pas exactement quand ni pourquoi, tu gagnais mieux ta vie, tu as préféré prendre ta voiture pour te déplacer. Pendant des années, tu as acheté le carnet de tickets qu'on découpe en suivant la ligne pointillée, pour chaque voyage soir et matin du lundi au vendredi. Quand j'étais gamin, tu m'envoyais parfois l'acheter à la gare d'Asnières le dimanche après-midi. J'étais fier d'y aller, c'était la sortie du dimanche. Avant la carte Orange puis le passe Navigo des dernières années.

Tu t'es rendue des années dans des bureaux de la rue de Madrid, puis de la rue de Lisbonne, dans le quartier de l'Europe. Ce sont des beaux quartiers. Tu aimais bien les beaux quartiers. Qu'on te prenne certainement pour une femme des beaux quartiers alors qu'il n'en était rien te ravissait. Tu avais peut-être l'impression que tout le monde faisait comme toi, à juger les gens trop vite, d'un seul coup d'œil, et comme toi, sans te tromper. Tu visais juste, tu visais bas. Dans le train, tu regardais les gens sans les voir. Parfois, tu laissais échapper un bref sourire vers une vague connaissance, un voisin des ILM, une voisine du quartier. Puis tu te replongeais dans ton livre. *Hommes en blanc. L'Astragale. Le Mépris. Ce qu'ils disent ou rien. Ce que je crois. Élise ou la Vraie Vie. La Place de l'Étoile.* Vers la Seine, tu relevais la tête comme beaucoup de gens le font, comme pour lui dire bonjour ou te rendre compte une fois de plus qu'on ne se baigne jamais deux fois dans le même fleuve... Matin et soir, jour après jour, le même fleuve n'existe pas. Il n'aura jamais existé.

Quand tu fermais ton livre juste avant le tunnel après Pont-Cardinet, tu avais sans doute déjà en tête les choses de ta journée, tes soucis. Tu avais le chic si on peut dire pour te trouver plein de soucis parmi tous les livres que tu lisais. Je pense souvent aux *Choses de la vie*, de Paul Guimard, à cause du titre, quand je pense à toi. Tous les jours je pense à toi. Ma femme m'a fait remarquer que je vivais avec elle depuis plus longtemps (bien plus longtemps) que je n'ai vécu « avec » toi, n'empêche. Les choses de la vie. Parfois tu disais ça avec un long soupir, ou en riant dans tes yeux. Tu parlais aussi de la scène du 4 en levant les yeux vers le plafond. Des choses de la vie, on n'en a jamais complètement fait le tour. Je n'ai rien répondu à ma femme, on ne peut pas vraiment choisir, on ne peut pas remplacer sa mère et son absence de mère non plus, on ne doit pas chercher à la remplacer. Mais là, je te revois dans le train de banlieue pour la gare Saint-Lazare, parce que c'est ici que se passe ce que je veux raconter. Raconter, raconter ne fait pas bouger les choses. Raconter ne change rien à ce qui a été raconté. Mais, pourtant, c'est mieux que rien. Raconter permet sans doute de raconter encore, et de se souvenir un peu mieux, un peu moins loin, un peu moins embrouillé. Ou, parfois, raconter permet de remonter encore, de se souvenir un peu pire, un peu plus loin, un peu plus embrouillé. À la gare Saint-Lazare un nombre extraordinaire de personnes passent mais bien sûr chacune est unique, qui rentre chez elle dans sa banlieue. Elles vont s'arrêter en chemin pour acheter une baguette, passer au pressing ou au supermarché, donner un coup de fil spécial, elles reviennent peut-être vers quelqu'un de particulier.

Je ne parlais pas beaucoup. Toi non plus. Quand ça nous arrivait, tu me regardais et vite tu avais cet air exaspéré comme souvent avec moi. Je ne vois pas ce que tu veux prouver… Et alors ? Admettons… Tu m'en diras tant, ha, ha, tu es drôle, tu me fais bien rire… Parlez-moi de moi, il n'y a que ça qui m'intéresse ! Ou bien : personne n'entend ce que tu dis ! Essaie d'articuler quand tu parles. Alors j'essayais de répéter en ar-ti-cu-lant ce que je disais et tu suivais mes efforts avec un air sceptique, je t'agaçais à mort. Du coup, je préférais vite arrêter. Je t'ai agacé toute ma vie. J'étais né agaçant, je crois, comme on naît bègue, ou gros, ou bête, ou je ne sais quoi. Ce que je disais, déjà incompréhensible selon toi, n'avait plus la moindre importance, ressortait mâché de ma bouche, ce devait être encore moins intéressant que la première fois. Tu es morte, maman, et si ça ne doit pas entraîner des règlements de compte, ça ne doit pas non plus les empêcher. Pour toujours aujourd'hui je suis ton fils « à la langue pendante », comme tu l'écris dans ton testament, qui n'aura de cesse d' « aller fouiner » dans ton appartement, à la « recherche de l'argent ». Sur le moment ton délire m'a ébahi à m'en donner le tournis, ça aurait pu finir autrement. Aujourd'hui je dois vivre avec ces mots. Je mourrai avec ces mots. Mais, par chance, le temps est passé et tu es encore aussi la personne qui attend quai B à Asnières le train vers la gare Saint-Lazare et sort du côté de la rue de Rome, où j'aimerais encore que tu sois, dans une autre vie. Évidemment, il n'y aura pas d'autres vies, il n'y aura jamais eu d'autres vies.

Le temps a pris son temps, puis il n'en reste plus. Il n'y aura pas d'autre vie, mais dans la tienne tu as été bien occupée de toute façon. Jeune divorcée de 22 ans et diplômée des cours Pigier, élevée sur le boulevard de Belleville et rue de Tlemcen, à Ménilmontant, en rupture de ban vis-à-vis de ta famille, tu avais honte d'eux. Tu avais décidé que tu ne leur ressemblerais jamais. Tu t'es retrouvée seule avec ma sœur et moi. Je ne sais pas pourquoi on a habité à Asnières, si tu as obtenu l'appartement des ILM en répondant à une annonce ou si c'est par la grosse boîte Isover-Saint-Gobain qui t'employait à l'époque, à Neuilly, du côté de la station Sablons. Je ne datais pas de la grosse boîte, mais encore d'avant, ma sœur est née en Algérie. Dans les trains de banlieue transite une immense quantité d'anonymat où tu prenais place. Les cartes hebdomadaires de transport ressemblaient vraiment à des cartes, on détachait les tickets suivant la ligne pointillée. Les trains étaient moins chers pour se rendre à Paris. Et puis, mais je n'étais peut-être pas encore né, il y avait des tickets de quai. Les tickets de quai ne servaient déjà plus à rien. Peut-être à réfléchir à deux fois avant de partir ? La compagnie des trains n'a sans doute jamais pensé à des choses comme ça. Un jour, je me suis dit, on prend un train qui part pour toujours, et on ne sait pas si c'est celui-là qu'on a pris, parce qu'en somme il ne s'est rien passé de différent pendant le trajet. Tu étais très observatrice des gens autour de toi, mais tu ne le faisais pas remarquer. Moi j'ai toujours été content et pas peu fier de découvrir quelque chose à propos d'une des personnes qui habitaient les mêmes ILM que nous. Si ça t'arrivait dans le train, et que tu ne pouvais pas faire autrement, tu te contentais d'un petit signe de tête, d'un mince sourire. Ne pas être reconnue. Brouiller les pistes. Effacer les traces. Cacher l'origine.

Pendant des années je t'ai entendue dire que personne ne pouvait « deviner d'où tu venais », tu n'en étais pas peu fière. Tu le disais sur le ton d'une provocation, une réussite particulière. Et quand un homme se rapprochait de toi, si tu le laissais s'approcher, ça devenait vite un point d'achoppement dans votre relation, il ne pouvait pas savoir d'où tu venais. Je t'ai entendue le dire des centaines de fois.

– Non, vous ne pouvez pas savoir, vous ne pouvez pas comprendre !

Du coup, certains devaient essayer de leur mieux, mais j'imagine que d'autres types, moins enclins à la culpabilité, peu soucieux de ce genre de situations où ils ne pouvaient rien entendre, condamnés, hommes et bourgeois de naissance, à ne pas comprendre ni qui tu étais ni d'où tu venais, ont dû vite se décider pour l'ignorance te concernant, ça devait leur suffire, un certain temps en tout cas. Tu rangeais ton livre dans ton sac à main avant l'arrivée sur le quai de la gare Saint-Lazare. *La Vie devant soi. Bonjour tristesse. L'Arrangement. Les Amitiés particulières. Nous nous sommes tant aimés. Les Armoires vides. Le Bal du comte d'Orgel. La Ciociara. La Foire aux garçons. Belle du Seigneur.* Tu ne sortais jamais ni parmi les premières, ni parmi les dernières, tu prenais ta place dans les rangs des banlieusards. Nous sommes des millions de banlieusards. Tu avais remis tes gants avant de sortir du wagon.

Sur le quai tu marchais vite au rythme des autres et sans relever la tête, tu regardais vers le bout du quai et toujours, sans que rien ne l'indique, tu avais remarqué les changements. Ton sens de l'observation était très développé, et si je parlais de tel changement d'enseigne, de magasin ou autre, que ce soit dans notre quartier à Asnières ou du côté de la gare, tout fier que j'aie pu être, tu te contentais d'un petit sourire vaguement moqueur pour dire que oui, c'est vrai. Tu n'aurais pas vu le moindre intérêt à écrire des pages sur ton trajet entre chez toi et ton bureau, par les rues de Madrid et ensuite de Lisbonne, jusqu'aux bureaux où tu travaillais lorsque j'étais adolescent; personne ne « pouvait deviner d'où tu venais ». Tu sais, pas mal de gens n'avaient peut-être pas envie de se livrer à de telles conjectures, les gens ne sont pas tous comme toi. Souvent, les gens s'en foutent.

J'espère que les gens ne veulent pas tous savoir combien, ou avec qui, ou depuis quand, profession et pedigree, numéro de compte et d'assurance-vie, numéro de téléphone, dossier médical, personne à prévenir en cas de décès, références de dossiers, témoins de bonne moralité, enquêtes de voisinage, ratissez fin, regardez bien partout, soulevez toutes les petites pierres, on ne sait jamais. Il t'arrivait parfois de lire le contenu d'une lettre qui ne t'était pas adressée. Tu me soupçonnais souvent de « fouiller tes affaires », tu le savais à la manière que tu avais de vérifier d'un seul coup d'œil la distance entre les objets. On ne fouillait pas dans tes affaires, mais tu en étais persuadée. Tu disais, ma vie ne regarde que moi. Tu disais souvent, moi d'abord ! Moi d'abord ! Une sorte de mantra. Tu aimais bien les grandes phrases creuses. De nombreux pièges t'avaient été tendus dès ta naissance pour toute ta vie, et aussi avec ma naissance, après celle de ma sœur que tu aimais pour de bon. Tu avais fait une dépression. Tu parlais de « ma déprime ». Tu parlais de « mes pilules », les pilules pour les déprimes. Ma sœur et moi on devinait. Du coup, avant même l'époque de la gare Saint-Lazare, j'avais une tâche pour ma vie, qui en un sens résumait toutes les autres, me faire aimer de toi, et ça a beaucoup à voir avec la gare Saint-Lazare. Je parlerais de toi de biais si je pouvais. Mais je ne peux plus ; il me faut te dire telle quelle, car bientôt tout aura vraiment disparu.

Tu marchais vite sur le chemin de la rue de Madrid puis de Lisbonne, où la petite entreprise où tu bossais avait déménagé. Tu devais passer par les escaliers de la sortie vers la rue de Rome, pour ne pas avoir à emprunter les escalators qui donnent sur la cour des horloges. Ce jour-là le type aveugle qui vend des tickets de loterie patientait entre les deux rampes des escalators, sous une des grandes arches de l'ouverture de la gare. Il me semblait en le voyant considérer une des vies les plus inutiles de la planète Terre, la plus horrible, sauf à imaginer qu'il était un peu cinglé, ne se rendait pas compte, ou qu'il n'était pas si aveugle que ça, moins que ce que ses lunettes et sa canne blanche laissaient à imaginer. Et puis non, parfois, c'était juste un aveugle qui vendait des tickets de loterie, et voilà tout.

Je t'imagine remonter la rue de Rome, tu marches le long des voies. Dès le premier passage clouté tu traverses sur l'autre trottoir, là où se trouvent les magasins de papier à musique, de partitions et les luthiers, je ne sais pas à quoi tu penses dans ces moments-là. Tu seras sans doute un peu en retard. Tu as obtenu ce genre de droit « à la force du poignet », tu avais « fait ton poste » à force de « bouffer de la vache enragée ». On voit « tout de suite » qui sait bosser et qui ne sait pas… Tu nous as rabâché ce genre d'expressions, tes convictions avaient de quoi dégoûter pour toujours du commerce et de l'industrie. En tout cas, c'est l'effet que ça a produit sur moi. Je n'ai jamais eu trop envie… Mais du coup, dorénavant, personne ne songe à te chercher des noises dans la petite boîte rue de Madrid, pas loin du conservatoire de musique de la Ville de Paris avant qu'il ne soit déménagé à la Villette, puis rue de Lisbonne. Il s'agit d'une petite agence de publicité. Tu y es comptable, et puis tu t'occupes aussi de pas mal d'autres choses, ton bureau est juste en face de la porte d'entrée, dans ce grand appartement d'immeuble haussmannien, comme presque tous les immeubles du quartier de l'Europe. Tu vois la double porte, le portemanteau, le récipient pour les grands parapluies de couleur, la photocopieuse, le fax. Tu surveilles les allées et venues des fournisseurs, des coursiers, des employés, tu aperçois tes collègues qui s'éloignent vers la petite cuisine pour parler sans témoins, tout cela disparaît au fur et à mesure.

Une fois, on a marché ensemble sur ce chemin et il me revient que, à la hauteur de la station Europe, tu m'as montré avec un grand geste du bras le pont, par-dessus les voies de Saint-Lazare, et tu m'as dit, c'est le pont des suicidés, il y en a pas mal qui y passent… comme si tu avais deviné des choses. Le pont des suicidés.

– Ils ont été obligés de mettre des grilles, tu te rends compte ?

Tu ne regardes pas autour de toi, parfois. Il peut s'agir d'une de ces journées où tes yeux parlent tout seuls, les soucis te rongent, tu es fâchée sans raison apparente. Enfant et adolescent, j'ai souvent l'impression d'être responsable de ça, mais en même temps je garde les pouvoirs magiques de mon âge, je sais que je vais nous guérir, nous soigner, soigner notre vie dans l'ILM d'Asnières-Gennevilliers, toi, ma sœur et moi. Tu aimes le quartier de l'Europe. Il est gris et secret. Dans la rue de Madrid toute sombre, les étudiants du conservatoire arrivent en trimballant leurs instruments avec un air souriant ou blasé. Parfois, des petits groupes s'installent sur le trottoir, bavardent en se marrant, et tu les regardes sans déplaisir, à cause de leur insouciance, eux n'ont pas connaissance du plafond de verre. Ce fameux plafond de verre. Ils n'ont pas connu ledit plafond. Ils ne l'auront jamais connu. Le plafond de verre, je t'ai tellement entendu en parler que j'ai dû finir par en concevoir l'envie d'une vie complètement déplafonnée, une vie nulle part, peut-être bien, une vie dans un endroit qu'on ne classe pas, ou alors en sous-sol à l'abri des regards. « Une araignée dans le plafond. » Tu employais souvent cette expression pour parler de pas mal de gens. Tu joignais le geste à la parole, faisais tourner ton index sur ta tempe, une fois à l'endroit, une fois à l'envers, pour illustrer ton propos.

En attendant je suis plutôt du genre perché sur les nuages avec une mère comptable qui s'enfile des Tranxène et les années passant je sens bien que mon projet de te guérir, de traverser le plafond à ta place, je ne pourrai jamais l'accomplir. Je ne suis pas comme tu voudrais. Je ne pourrai jamais. Je ne serai jamais médecin, le travail que tu aurais aimé faire si tu « avais pu faire des études ». Je ne serai jamais expert-comptable ou commissaire de police, deux « boulots d'homme » qui t'auraient plu. À la place tu as eu droit à la sténo des cours Pigier et la compta et puis tes deux enfants, mère toute seule à 22 ans, dans la grande ville où pour revenir du travail tu devais prendre le train à la gare Saint-Lazare. Ce jour-là, il fut bien différent pour toi, pour nous. Oui, je crois que ce jour-là la vie avait fait quelque chose pour toi, pour toi et moi, pour nous. Et si c'était pour toujours, il n'y aurait plus de plafond de verre et nous pourrions enfin nous aimer, tu arriverais à ne pas sursauter quand je t'appellerais maman, car c'était dur d'éviter de t'appeler comme ça, de temps en temps, même si ça te déplaisait, tu sais ? Ou alors non, tu n'as jamais voulu savoir et ne pourras jamais. Mais ça ne fait plus rien, là où tu es.

Je ne sais plus ce que je devais faire. C'était rarement des voyages pour rien vers Saint-Lazare. Il faisait beau temps ou pas loin. Cette fois tu portais un imper que tu mettais au printemps avec des foulards colorés. Tu avais un carré Hermès. Les carrés Hermès, est-ce qu'ils existent encore, ces foulards-là ? Tu te tenais un peu à l'écart du flux des passants qui entraient et sortaient de la gare. En fait tu te tenais près du mur, sur le trottoir de la pharmacie Bailly. Et puis tu as fait une petite centaine de pas, juste les pas nécessaires pour te rendre au café, l'Oiseau Bleu. Ce bar, en terrasse, a des tables de deux tout du long derrière la vitrine. Puis il était là, assis en face de toi. Je n'ai pas eu de mal à le reconnaître. Il était joyeux et moustachu. Il était marié. Il n'était pas penché vers toi comme on voit certains types que le désir assaille, à une table du fond, car ils ont peur de se faire repérer. Vous n'étiez pas les plus proches de la rue non plus. Eh oui, je suis presque certain, il faisait un beau temps parisien ce jour-là dans le quartier de Saint-Lazare.

Tu devais te sentir bien, sous les nuages, dans le ciel bleu, avec ton carré Hermès, car « ce ne serait pas de trop ». Tu ne m'as pas vu. J'étais en face de toi, sur le trottoir d'en face rue de Rome. Toi qui n'allais jamais dans les cafés, tu étais bel et bien là, avec ce type joyeux, un collègue de l'agence où tu étais employée. Je m'en suis vite allé. Tu allais sortir peut-être avec lui. Tu aimais rêver avec lui. Plus tard tu regagnerais du même pas anonyme le quai du train, peut-être qu'il t'accompagnerait gare Saint-Lazare avant de rentrer chez lui. Ensuite, des années plus tard, tu prendrais le train pour deux stations plus loin, Courbevoie. Aujourd'hui ce jour-là brûle dans ma mémoire. Je veux me rappeler ton image ce jour-là pour tout le reste de ma vie. C'était une révélation pour moi parce que, de l'autre côté de la rue, tu avais l'air heureuse, détendue. Tu souriais comme je ne t'avais pas souvent vue. Tes paroles n'étaient pas comptées. Une promesse de bonheur, c'est mieux que rien, mais en fait non. Mais aussi oui bien sûr, ce jour-là.

L'Oiseau Bleu n'a pas fermé après les confinements. Ce bar n'a pas l'air de faire de si bonnes affaires, mais pas de mauvaises non plus. On choisit où on peut les endroits pour se recueillir. Moi, j'aime bien là-bas. Tu avais sans doute pris un Perrier. Ça me va aussi pour ce soir. Lui avait le genre à boire un whisky ou un demi de bière blonde. Vous ne pouviez pas vous voir si facilement en dehors du bureau parce qu'il était marié et, quelque part, tu n'étais pas libre toi non plus. Je ne parle pas de ma sœur et moi, du poids mort de ta vie de salariée. Je pense à ce plafond de verre. Il n'est pas si lourd que ça. Mais il est partout, dans ta vie. Lui habitait à Paris, mais se déplaçait toujours en voiture ; il avait dû avoir du mal à se garer. Il conduisait une grosse voiture noire, ça devait lui faire plaisir de montrer aussi qu'il gagnait bien sa vie. Tu l'aimais, j'ai tout le temps su cela, mais tu n'en as jamais parlé. De l'Oiseau Bleu, là où je suis, pour te parler une dernière fois, on ne voit pas le coucher du soleil. On est dans la partie sombre de la rue, et les seules ouvertures donnent sur les voies emmêlées qui ne vont plus nulle part pour moi. Pour toi aussi, c'est terminé depuis longtemps. J'espère qu'il pense encore à toi, cet amant-là. J'espère que ce bonheur est resté, vous croisiez-vous encore de temps en temps ? Et au plafond de verre, le sien à lui ? Dans le métro, parfois, j'ai l'impression qu'il fait presque nuit noire. Il faut que je rentre chez moi, mais je ne sais plus trop où c'est, et personne ne m'attend là. Lui, ce jour, il t'attendait. Tu avais ce secret à la gare Saint-Lazare, comme sans doute tous les gens d'ici, les millions de gens par ici. Ça a été une bonne journée pour moi, je me souviens ; je me suis demandé si vous alliez rester ensemble un long moment. Et puis, le soir, après des cours ou je ne sais pas quoi, j'ai dû prendre le train pour rentrer chez moi. On n'aura jamais parlé de tout ça.

Je n'irai plus souvent à la gare Saint-Lazare, pourtant je devrai prendre encore de nombreux trains, qui d'ailleurs ne partent pas toujours de cette gare.

L'omnibus pour Argenteuil passe par Bois-Colombes et là-bas je changerai, pour prendre un petit train omnibus de trois wagons qui roule très lentement le long du lac d'Enghien, où je descends en portant mon sac rouge de l'internat. Cette fois-ci je fuguerai pour aller toucher l'eau du lac, et dans mes provisions de la semaine j'aurai sans doute de quoi me confectionner un sandwich qui me durera toute la journée.

Le train a son terminus à Bécon-les-Bruyères, j'aurai presque l'impression qu'il est fait exprès pour moi, qu'il me mène quelque part où il y a un secret, alors qu'en fait, si ça se trouve, il n'y a jamais eu de secret.

Le train de nuit au départ de la gare de Lyon, la couchette en haut pour les vacances à Menton avec Jeanne où on arrivera le matin. Chaque trajet de nuit il y a un long arrêt dans une gare interlope qui a l'air de ne servir à rien, genre les Aubrais pour Orléans, ou une gare perdue, au milieu de nulle part en région (Rhône-Alpes ? Centre ?). Je ne saurai jamais exactement puisqu'à ce moment-là je dors.

Le train ancien pour chez ma nourrice en Haute-Savoie et le tunnel le long du lac où tout a l'air solide et têtu, comme la montagne de là-bas, le long du lac du Bourget, du lac Léman, du lac d'Annecy, qui serait un bon endroit pour terminer sa vie. Je me le dis quelquefois, mais je n'ai pas encore 12 ans, quand l'idée commence à germer sérieusement dans ma tête. L'idée seulement, j'ai 61 aujourd'hui ! Punaise !

Le train pour Dieppe, le palmier en pot au bout du quai près du kiosque à journaux. Les cartes postales achetées sur le chemin du retour seront distribuées de la main à la main plus tard, une fois de plus…

Le quai B de la gare d'Asnières, les escaliers de la gare vers la rue de Bretagne, où on monte sans avoir besoin de regarder, car en fait ce sont toujours les mêmes trains, les mêmes directions, les mêmes sens interdits et la vie coule obligatoire dans le même sens.

Les trains qui passent au-dessus du pont d'Asnières et l'explosion d'une vie qui se passera loin de l'une ou l'autre berge, je me disais que je ne pourrais jamais habiter loin de la Seine, mais en fait bien sûr que si, au pire on y revient, on n'en est jamais parti.

Les autres trains de la gare Saint-Lazare inconnus de moi.

Si parfois elle m'appelle encore, je dois être au bout de ma vie, ou je suis en train de passer à une seconde vie. Je suis chrysalide quelque part. Il va me falloir plusieurs années pour me rendre compte que le type qui est en moi est bien celui dans la peau de qui je vis. Je me suis retrouvé dans le hall des pas perdus. J'ignore où j'étais avant, ni même qui j'étais, si j'ai une famille, des parents, si j'ai été marié une ou plusieurs fois, si j'ai eu des enfants, et comme je me rends compte qu'il y a un ticket dans ma main je passe du côté des départs, on dirait que tous les trains sont prêts à partir, dans un état de propreté immaculée. Ils étincellent. Au moment de choisir lequel prendre, ce qui est sans doute difficile, je me rends compte que je suis absolument seul à Saint-Lazare. Des silhouettes au bout du quai numéro 1, sur la gauche, le long de la rue de Rome qui monte en pente douce, semblent être vivantes, je me rapproche d'elles comme un badaud soucieux, déception : en fait elles ont peut-être été trouvées dans un cirque, dans un hangar de vieille fabrique de farces et attrapes, dans un stand de tir désaffecté, où les cibles ont été déguisées par les enfants, atelier peinture pendant les vacances d'été.

Je ne me sens pas plus inquiet que ça, au début, des paroles me viennent qu'on m'a déjà répétées souvent, il faut prendre son mal en patience, quelqu'un va bien finir par arriver : un autre retardataire comme moi, ou un conducteur de train, ou à l'autre bout du quai un groupe de lycéens filles et garçons qui chahutent en se rapprochant du train pour Dieppe ou Rouen. J'entends mon cœur qui bat. Le sang à mes tempes. J'ai envie de passer mon doigt sur mes veines, au front, pour les calmer. Ça y est. C'est mieux comme ça. Je mets un certain temps à trouver ça bizarre, mais je ne m'inquiète vraiment que lorsque je me rends compte que, à la place de l'horloge au bout de la verrière sur les quais, il y a un grand carré vide ; un carré comme pour les films carré blanc, quand j'étais un enfant dans les années 70. Je ne sais pas quoi faire. Je ne sais pas quoi faire du tout. Les pancartes publicitaires sont toutes blanches, à louer, disponibles. Les kiosques à journaux sont ouverts, ils ont été dévalisés de la presse du jour, de celle de la semaine, de celle du mois. Ça clignote sans rime ni raison. Peut-être me faut-il revenir sur mes pas, remonter l'escalator de la cour de Rome pour savoir à quel moment j'ai été débranché de la vie, pourquoi ces trains ne vont nulle part, pourquoi plus personne n'est là, où sont-ils partis, sont-ils restés longtemps eux aussi à attendre près des trains à quai ? Puis je rouvre les yeux. Je suis arrivé au moment où mon pire cauchemar me plaît, parce que c'est intéressant. Il est tard dans la nuit ; pas encore assez tôt le matin pour me lever et prendre le métro. La gare Saint-Lazare est grande ouverte, dans mes rêves, parfois elle est plus claire, la pierre ressemble à celle du Sacré-Cœur à Montmartre, je crois entendre des oiseaux dans la rue Intérieure. Ce sont sans doute des oiseaux de paradis. Je me réjouis de les entendre, je me réjouis d'entendre le mot « paradis ». Je vais boire un café rue de Rome, à l'Oiseau Bleu. Mon café est déjà prêt, il y a même un spéculoos dans la soucoupe (ça tombe bien, car j'adore les spéculoos !), je pourrais bien fumer une clope, une main m'a tendu un paquet. Je l'allume, je ne sens rien, je n'ai pas la toux du fumeur. Je suis bien. Je pourrais rester plus longtemps, dix minutes ou dix ans. D'où je suis, j'entends un peu les annonces de la gare, les destinations lointaines, parfois le nom des gens que j'y croisais, je sens juste un peu d'air froid qui vient d'ailleurs, comme s'il fallait que je me lève, oui. Je dois m'en aller maintenant.

l'oiseau bleu où
j'ai aperçu ma
mère heureuse
le monument au
morts disparus
Rue de Rome
La pharmacie
Bailly

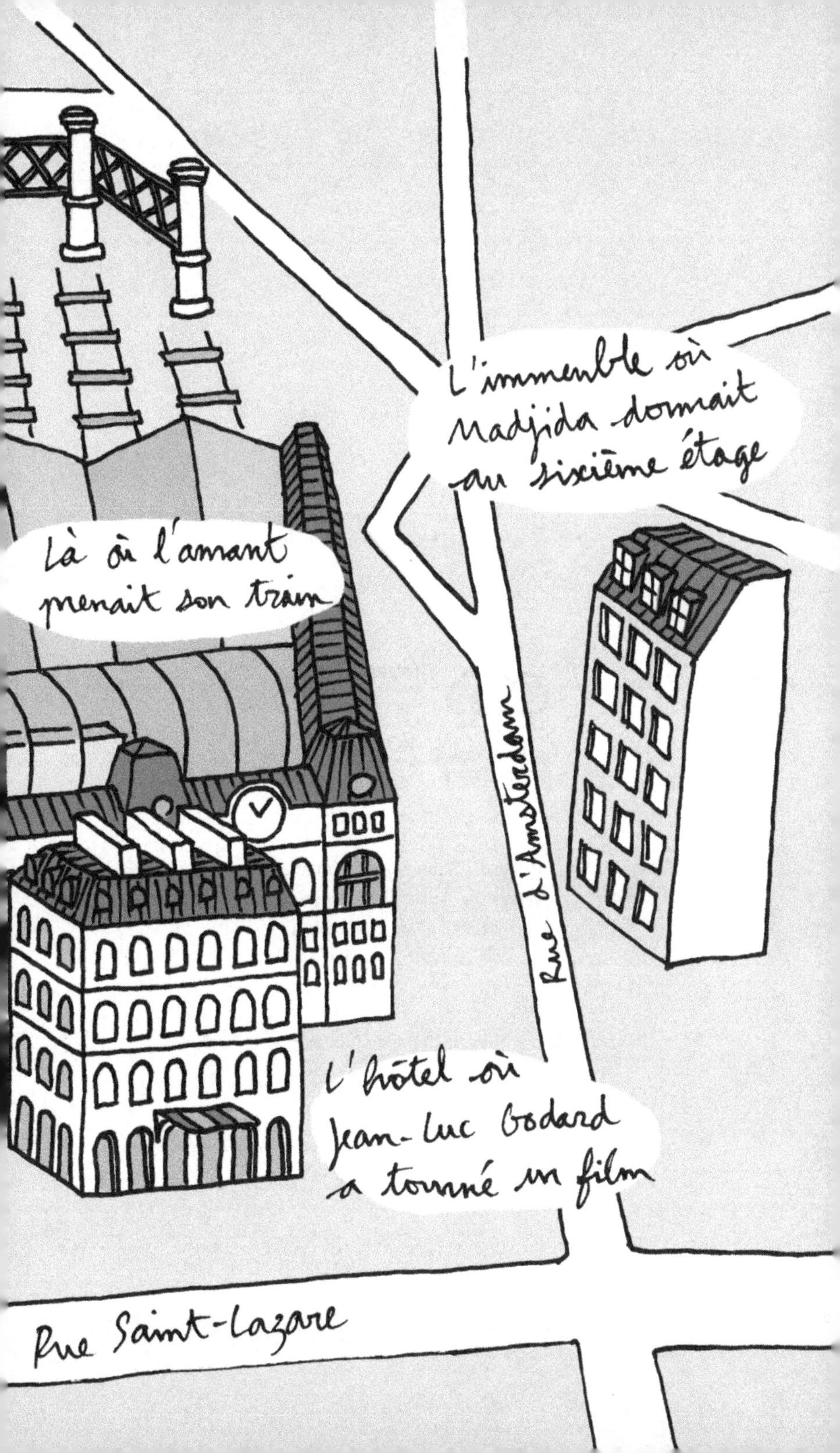
L'immeuble où
Madjida dormait
au sixième étage
Là où l'amant
prenait son train
Rue d'Amsterdam
l'hôtel où
Jean-Luc Godard
a tourné un film
Rue Saint-Lazare

Composition réalisée par Belle Page

fayard s'engage pour
l'environnement en réduisant
l'empreinte carbone de ses livres.
Celle de cet exemplaire est de :
450 g éq. CO_2
Rendez-vous sur
www.fayard-durable.fr

PAPIER CERTIFIÉ

Achevé d'imprimer en octobre 2023
sur les presses de la Nouvelle Imprimerie Laballery
58500 Clamecy (Nièvre)
N° d'impression 309793
28.2585.2/05

Pour les éditions Fayard, 13 rue du Montparnasse, 75006 Paris

Imprimé en France

La Nouvelle Imprimerie Laballery est titulaire de la marque Imprim'Vert®